Seize printemps

J'AI LU

Nicholas Pyne

Terror Academy
Seize printemps

Traduit de l'américain
par Véronique David-Marescot

Éditions J'ai lu

Titre original :
TERROR ACADEMY – SIXTEEN CANDLES
This edition published by arrangement with
The Berkley Publishing Group, a member
of The Putnam Berkley Group, Inc., N.Y.

1

Kelly Langdon s'agitait nerveusement, faisant grincer son pupitre. Elle n'avait qu'une hâte : que la cloche sonne, que cette journée se termine et que se taise enfin la voix monotone de M. Forth, le professeur de littérature. De ses yeux noisette cachés derrière des verres épais, elle fixait la pendule, au-dessus du tableau. Encore quelques secondes et Kelly pourrait s'échapper. Comme la plupart des élèves de première, Kelly était, elle aussi, gagnée par l'excitation, la fébrilité qui s'emparaient de Vandaway Academy en cette fin d'année scolaire. L'été tout proche enfiévrait aussi Port City, petite ville de la Nouvelle-Angleterre, nichée sur les berges de la rivière Tide Gate.

Dans quatre jours, Kelly serait en vacances et fêterait son anniversaire : elle allait avoir seize ans. Plus jeune et plus vive que les autres (elle avait sauté une classe), cela n'avait pas pour autant rendu la vie plus facile à la petite boulotte de Pitney Docks, le pire quartier de Port City. Malgré ses notes excellentes (sauf en éducation physique), Kelly s'ennuyait ferme au collège. Elle attendait avec impatience les vacances d'été, bien qu'elle n'ait, contrairement aux autres, aucun projet particulier.

Elle avait beaucoup à faire avant vendredi et elle doutait d'avoir le temps de tout régler en quatre jours. Elle ne devait pas participer à la cérémonie de remise des diplômes mais elle avait néanmoins une liste bien remplie de choses à faire. Elle respira profondément et baissa les yeux sur la page de son cahier.

Révisions. Elle avait beau être à jour, elle devait réviser, dans toutes les matières.

Banquet du club d'informatique. Kelly, en tant que secrétaire et trésorière du club, devait s'occuper des derniers détails pour le banquet annuel.

Argent pour la bague de classe. Sa tante Doris ne lui avait pas encore donné l'argent pour la bague, alors que presque tous ses camarades la portaient déjà.

Faire signer l'annuaire de l'école. Toujours à cause de ses problèmes d'argent, Kelly avait reçu son exemplaire avec deux semaines de retard, mais comme elle n'avait pas beaucoup d'amis à faire signer, ça serait vite fait.

Devoir trimestriel pour M. Forth. Elle raya cette ligne car elle avait fini son devoir depuis une semaine.

Voir Mlle Monica. Le rendez-vous avec la psychologue était fixé depuis un mois; c'était pour le lendemain matin.

Kelly soupira en refermant son cahier. Que de choses à faire en quatre jours! C'était la bague qui l'inquiétait le plus. Et si sa tante ne pouvait pas payer? Doris Hendricks, la sœur de sa mère, ne gagnait pas grand-chose avec son travail à la cuisine de l'hôpital de Port City. Elle arrivait à peine à joindre les deux bouts.

Pas de bague !

Une déception de plus à ajouter à une longue liste, depuis la mort accidentelle de ses parents.

Kelly prit son cahier pour s'éventer ; des gouttes de sueur perlaient sur sa peau blême. Même avec dix kilos de moins, elle aurait toujours trop chaud : son chemisier et sa jupe écossaise en laine étaient à la fois démodés et hors saison. Et la perspective d'acheter de nouveaux vêtements d'été ne l'enchantait nullement : ça signifiait écumer les boutiques de vêtements d'occasion avec tante Doris pour dénicher des shorts et des T-shirts déjà portés. Au mieux, elle pourrait s'offrir une paire de baskets bon marché à Prisunic.

Les autres filles arboraient déjà leurs tenues d'été. Kelly n'était pas très portée sur les vêtements. S'habiller est un plaisir interdit aux grosses. Les grosses, on les relègue aux oubliettes, avec les autres phénomènes qui ne sortent jamais le samedi soir.

Kelly poussa un soupir de regret. L'argent de la bague servirait probablement à acheter des vêtements. C'était toujours comme ça...

Pas de bague.

Il fallait se résigner. Faire avec. Ou plutôt sans. Kelly s'était faite à l'idée d'être pauvre et elle acceptait sa condition avec fatalisme.

Les lunettes à verres épais et monture de corne — la monture la moins chère, grâce en soit rendue à tante Doris ! — glissaient toujours sur son nez court. Elle avait un joli visage mais personne ne le remarquait derrière ces hublots. Elle remonta ses lunettes et jeta un nouveau coup d'œil à la pendule.

Les minutes s'écoulaient si lentement alors qu'elle avait tant de choses à faire ! Et après, le temps se mettrait à filer... les journées seraient trop brèves.

Elle tapotait sur son pupitre, fourrageait dans ses papiers, et se rendit brusquement compte que la salle était devenue très silencieuse. Kelly leva la tête : M. Forth la considérait d'un air mécontent. Il avait des yeux bruns en bouton de culotte, un visage osseux qui faisait penser à un oiseau de proie, et une expression perpétuellement maussade et réprobatrice.

Tous les regards étaient tournés vers elle. Certains faisaient des grimaces, d'autres murmuraient. Les élèves du dernier rang riaient ouvertement, surtout Liza Brown qui trouvait beaucoup de plaisir à tourmenter Kelly.

M. Forth fit un pas vers une Kelly tremblante. Elle s'asseyait toujours au premier rang, avec les élèves studieux.

— Vous faites grincer votre pupitre, Kelly, dit-il d'une voix désagréable. Vous êtes distraite, aujourd'hui ?

Kelly rougit et baissa la tête. Sa gorge se serra. Elle était oppressée par l'atmosphère étouffante de la salle.

M. Forth, sarcastique selon son habitude, poursuivit sur un ton accusateur :

— Vous êtes distraite, mademoiselle Langdon ?

— C'est plutôt qu'on la dérange !

La voix arrogante de Liza Brown avait vibré depuis le dernier rang. Elle repoussa la masse de cheveux blonds qui retombait sur ses épaules. On entendit quelques gloussements. M. Forth releva vivement la tête.

— Vous là-bas, ça suffit !

Kelly, pétrifiée, souhaitait mourir. Elle n'avait aucun moyen de riposter. Les grosses n'ont pas le droit de se défendre.

Malgré l'avertissement du professeur, Liza se mit à ricaner. Elle était tout le contraire de Kelly : mince, ravissante et populaire. Elle habitait à Prescott Estates, sortait avec Jeremy Rice, la star du foot du lycée, et elle serait le chef des pom-pom girls, l'année suivante. Liza préférait la mode aux études et passait ses loisirs devant son miroir, à se coiffer et à se maquiller. Elle trichait en classe et trouvait toujours une bonne poire pour lui faire ses devoirs.

M. Forth revint à la pauvre Kelly.

— Qu'est-ce qui ne va pas, Kelly ?

Elle secoua la tête, luttant contre les larmes. *Pourquoi ?* Pourquoi ça tombe toujours sur *moi* ? Ils ne peuvent pas m'oublier un peu ?

M. Forth leva les bras au ciel.

— Je renonce !

— C'est pas étonnant, ça vient de Pitney Docks ! chuchota Liza, suffisamment fort pour qu'on l'entende.

Kelly se ratatina derrière son pupitre, priant pour que la cloche sonne. Elle détestait qu'on la remarque, surtout lorsqu'il s'agissait de fournir aux autres une occasion de s'amuser à ses dépens ; elle, la grosse dondon aux cheveux queue de vache, qui transpirait dans ses vêtements d'occasion. Elle avait appris à ignorer ses persécuteurs, mais elle était consciente que sa cuirasse ne la protégerait jamais complètement de leurs flèches.

M. Forth balaya la classe d'un regard hostile.

— Je n'ai pas besoin de vous rappeler que, si vous voulez passer en terminale, vous devez me rendre votre devoir trimestriel jeudi au plus tard, à la même heure, sur la même chaîne !

L'annonce fut suivie d'un grognement général. Seule Kelly ne broncha pas.

— Sinon, poursuivit M. Forth, les cours d'été se profileront à l'horizon. Vu, mademoiselle Langdon ?

Elle releva la tête et le regarda dans les yeux, d'un air de défi.

— J'ai fini mon devoir ! riposta-t-elle.

Était-ce vraiment *elle* qui répondait ainsi au prof le plus craint de Vandaway ? Liza et ceux du dernier rang en restèrent bouche bée. M. Forth leva un sourcil, prêt à la prendre au mot.

— Dans ce cas, vous pouvez sans doute me le rendre dès maintenant ?

Kelly sortit vivement cinq feuilles de papier d'une chemise transparente.

— Voilà, dit-elle en les lui tendant.

Liza émit un reniflement dédaigneux censé désamorcer la bombe de Kelly.

— C'est réglé pour la grosse bûcheuse ! lança-t-elle.

Toute la classe éclata d'un rire moqueur. Kelly ne les haïssait pas. Elle n'avait qu'une idée : se mettre hors de leur portée.

M. Forth brandit le devoir.

— En voilà une qui passera. Que ça vous serve d'exemple ! Si vous étiez plus nombreux à être aussi exacts dans votre...

La cloche retentit, comme le signal de la délivrance. Kelly jaillit de sa chaise, renversant presque le professeur. Elle était dans le couloir avant qu'il ait eu le temps de dire ouf.

« Enfin ! Je peux rentrer à la maison. »

Elle se dirigea d'un pas lourd vers son casier, se frayant difficilement un chemin dans le hall étouffant et bruyant. Elle avait la tête qui tournait et se sentait légèrement fiévreuse. Parvenue à son casier, elle s'appuya un instant au mur.

Pourquoi fallait-il toujours qu'on s'en prenne à ceux qui sont différents ? Que leur avait-elle fait pour mériter ça ? Rien !

Les mains tremblantes, elle déverrouilla son casier.

— Salut, Kelly !

Une mince fille brune s'abattit brusquement sur le casier voisin. Kelly sursauta puis respira profondément.

— Tu m'as fichu une de ces trouilles, Rachel !

Elle ouvrit d'une secousse la porte du casier. Rachel Warren rougit et détourna son visage piqueté de taches de rousseur.

— Excuse-moi. Je croyais que tu m'avais vue.

Rachel était la meilleure amie de Kelly. Elles se connaissaient depuis l'école primaire. Rachel habitait, elle aussi, à Pitney Docks. C'était une grande fille un peu osseuse, intelligente. Elle avait les yeux bleus, un regard triste et de fins cheveux noirs. Sa silhouette longiligne l'avait fait surnommer méchamment « l'échalas » par Liza Brown. Tout comme Kelly, Rachel était bonne élève mais, à part le club d'informatique dont elle était vice-présidente, elle ne participait guère aux activités du lycée.

— Mauvaise journée ? Tu as l'air à plat.

— M. Forth a été vache, aujourd'hui, répondit Kelly en soupirant.

— Aujourd'hui seulement ? Il est toujours vache, rétorqua Rachel en riant.

— Mais je l'ai bien eu !

— Pas possible ! Comment ça ?

— Il hurlait à propos des devoirs trimestriels et paf ! le mien était déjà fait. Je le lui ai filé. Il n'en revenait pas.

— Non ? Tu blagues ?

— C'était génial, fit Kelly en hochant la tête. Ça aurait été encore mieux si Liza et sa bande n'avaient pas été remontées.

— C'est que ça mord, ces petites bêtes-là... fit Rachel en tirant la langue.

— Rachel, Kelly ! Salut !

Un garçon costaud, les cheveux en brosse, les rejoignit. Il portait une chemise rouge vif et un pantalon noir en polyester. C'était Marshall Butler, le président du club d'informatique. Rachel lui adressa un sourire.

— Salut, Marshall.

Marshall fit un signe de tête sans la regarder.

— Salut, Kelly. Ben dis donc, t'es vraiment mignonne aujourd'hui !

« Ouais, je ne transpire pas trop pour une grosse attifée comme en plein hiver », pensa Kelly.

Marshall en pinçait pour Kelly, ce n'était un secret pour personne. Il voulait absolument sortir avec elle. Kelly le tolérait mais elle n'éprouvait rien pour lui.

Aussi ne se voyaient-ils pas beaucoup en dehors des quelques réunions du club.

— Comment ça va, Marshall? fit Kelly, un peu agacée.

Des rires moqueurs éclatèrent dans le hall.

— Eh, regardez-moi ça! lança Liza Brown. Kelly a un petit ami. Oh! Kelly, comment as-tu pu me faire ça, à moi? Me faucher mon petit ami!

Le petit groupe les dépassa en s'esclaffant. Rachel fronça les sourcils et secoua la tête.

— Pourquoi est-ce qu'elle t'en veut comme ça, Kelly?

— Je ne veux pas faire ses devoirs : elle m'a demandé une fois et j'ai refusé.

L'insulte était passée au-dessus de la tête de Marshall : il arborait un sourire ahuri. Si Liza pensait que Kelly et lui étaient ensemble, c'est qu'il avait une chance, après tout.

— Tu t'es occupée du banquet du club au *Ramada*? demanda-t-il à Kelly.

— Oui. Il ne reste plus qu'à commander le menu, répondit-elle en refermant son casier. Qu'est-ce que tu en dis? Poulet, légumes variés, et glace pour le dessert.

— Super, Kelly! Je me disais que tu pourrais être avec moi, au banquet...

— Impossible, Marshall. Il faudra que je m'occupe d'un tas de trucs, ce soir-là. Tu sais, on sera vingt-cinq, y compris M. Tinker et sa femme.

M. Tinker était le professeur responsable du club. Marshall parut vexé.

— Mais, Kelly...

Elle se détourna.

— Désolée, Marshall. Je dois rentrer. A bientôt.

Et Kelly le planta là. Marshall la regarda s'éloigner, la bouche ouverte, l'air désappointé.

Rachel rejoignit Kelly.

— Tu n'aurais pas dû l'envoyer balader comme ça. Il en est malade chaque fois.

Kelly fit la grimace et se mordit la lèvre.

— Je sais, j'ai des remords. Ça représente tant pour lui, cette soirée.

— C'est un banquet d'abrutis ! lança Rachel avec une soudaine amertume. Tous les nuls qui ne peuvent pas entrer dans les autres clubs se retrouvent au club d'informatique. Comme nous.

— C'est tout ce qu'on a, reprit Kelly. Alors il faut s'en contenter.

Elles sortirent du bâtiment de brique rouge. Au sud se trouvaient le gymnase, la piscine couverte, le stade de foot et les terrains de base-ball. Vandaway Academy était de construction récente. C'était le seul lycée public de Port City et il rivalisait avec les meilleurs établissements privés de la Nouvelle-Angleterre.

Kelly et Rachel se dirigèrent vers le parc Fair Common et Pitney Docks. Le quartier populaire s'étendait de l'autre côté du parc, de Taylor Street jusqu'aux portes du chantier naval. Elles pouvaient rejoindre MacDonald Avenue, où elles habitaient toutes deux, en traversant le parc et en descendant Taylor Street. Elles coupèrent à travers le campus.

Arrivées à Rockbury Lane, qui longeait le parc, Rachel prit Kelly par le bras.

— Ralentis un peu. J'ai quelque chose à te dire.

Kelly s'arrêta.

— Qu'est-ce qu'il y a ?

— J'allais t'en parler dans le hall, répondit Rachel en rougissant, mais Marshall s'est pointé.

La sueur ruisselait sur le visage de Kelly. Elle sentit les battements de son cœur se précipiter. Encore un problème. Le clou d'une journée absolument ratée.

— Jeremy Rice a posé plein de questions sur toi.

— Sur moi ? fit Kelly en riant presque.

Rachel hocha la tête.

— Oui, aujourd'hui, au déjeuner.

Elles se remirent à marcher. Kelly ne croyait pas facilement aux bonnes nouvelles.

— Et qu'est-ce qu'il a demandé ?

— Oh ! Si tu sortais avec quelqu'un, si tu avais un petit ami. Des trucs de ce genre.

— Vraiment ?

Kelly ne savait trop ce qu'elle ressentait. Pourquoi le garçon le plus populaire du lycée s'intéresserait-il subitement à elle ?

— Eh ! je parie que Jeremy va te demander de sortir avec lui !

Kelly lança à son amie un regard de reproche.

— Impossible. Je ne suis qu'une gamine de quinze ans. Il va pas...

— Si ! C'est pour ça que Liza en a après toi. Elle a bien dit que tu lui avais piqué son petit ami.

Kelly balaya Rockbury Lane du regard et aperçut une voiture qui venait de tourner dans la rue. C'était une Buick Riviera dont le rouge rutilant étincelait dans la lumière de cette fin d'après-midi. Kelly l'observa en évitant de penser à Jeremy Rice.

Il était mignon, grand, musclé. Toutes les filles

rêvaient de sortir avec lui. Kelly, elle, l'avait toujours rangé dans la catégorie des types superficiels et égoïstes. Mais, qui sait ? peut-être s'était-elle trompée ? Peut-être ne s'arrêtait-il pas à l'apparence physique ?

— Tu vas avoir seize ans ! poursuivit Rachel. Et s'il avait un faible pour toi, Kelly ? Ça serait génial, non ?

Kelly allait répondre quand la Buick s'arrêta le long du trottoir, le moteur ronronnant. Rachel suivit le regard de son amie.

— Qui c'est ?

— 'Sais pas, fit Kelly en secouant la tête. Peut-être quelqu'un qui habite là.

La Buick n'avançait plus.

— Pourquoi il n'arrête pas son moteur ? reprit Kelly, soudain nerveuse. Pourquoi est-ce qu'il ne descend pas ?

Rachel plissa les yeux pour déchiffrer la plaque minéralogique.

— C'est une voiture neuve. Numéro provisoire. C'est rien.

Kelly poussa un soupir et hocha la tête.

— Quelle journée !

Rachel reprit le bras de son amie et l'entraîna vers le parc.

— Allez, parlons plutôt de Jeremy. Qu'est-ce que tu as fait pour qu'il tombe amoureux de toi ?

— Rachel, je t'ai dit que...

Kelly perçut le ronflement du moteur tandis que le conducteur passait en première. Elles jetèrent toutes deux un regard en arrière.

— Oh ! oh !... fit Rachel.

Kelly sentit sa gorge se nouer. La Buick glissait lentement le long de Rockbury Lane.

Elles étaient suivies.

2

Kelly et Rachel se dirigèrent vers le parc où la voiture ne pourrait pas les suivre. Rachel serrait le bras de son amie.

— Il nous suit. C'est sûrement un tueur psychopathe !

La Buick rouge roulait lentement dans la rue déserte. Kelly jeta un coup d'œil en arrière.

— Qui c'est ?

— Te retourne pas, chuchota Rachel. Peut-être qu'il ne nous fera rien si on ne le regarde pas.

— Quelle trouillarde ! rétorqua Kelly.

Elle examinait la voiture sans pouvoir distinguer le visage du conducteur à travers le pare-brise fumé.

— Kelly, il nous suit !

Celle-ci inspectait maintenant l'extrémité de la rue. Les branches des ormes et des érables du parc se déployaient au-dessus de Rockbury Lane. Elles n'étaient plus qu'à quelques mètres de l'allée menant à Pitney Docks.

— Il est toujours là, dit Rachel à voix basse.

Kelly percevait le ronronnement du moteur.

— C'est ridicule.

Le face-à-face avec M. Forth lui avait donné du courage.

— On est en plein jour, poursuivit-elle. On est dans un bon quartier. On n'a rien à craindre. Ne fais pas attention à lui.

Rachel risqua un bref coup d'œil vers la Buick.

— Tu ne regardes jamais les infos, Kelly ? Les psychopathes se fichent complètement de l'heure qu'il est. Ils font la journée continue maintenant.

Aucunement ébranlée par l'avertissement de Rachel, Kelly s'arrêta net.

— J'en ai marre ! Je vais lui demander ce qu'il veut.

— Non...

Kelly pivota face à la Buick.

— Hé, vous, espèce d'abruti ! Si vous baissiez la vitre pour nous dire ce que vous voulez ?

— Kelly ! hurla Rachel.

Kelly fit un pas en direction de la voiture. Le moteur rugit et la Buick bondit au milieu de la chaussée en faisant crisser ses pneus, puis s'éloigna à toute vitesse en direction de Middle Road.

Le cœur de Kelly battait à coups précipités. Elle triomphait. Il était grand temps pour elle d'affronter ses persécuteurs. Après tout, elle allait entrer en terminale. Elle allait avoir *seize* ans !

— Quelle poule mouillée ! Il n'a même pas eu le courage de me regarder dans les yeux !

Rachel la rejoignit, interloquée.

— Un pervers, sûrement. Waouh ! Tu lui as fichu une de ces frousses !

Kelly se tourna en soupirant vers le parc.

— Je suis sûre que c'était un des copains de Liza.

— Tous des minables !

— Tu as vu sa tête ? demanda Kelly.

— Non, les vitres étaient fumées. J'ai noté le numéro. Tu veux aller à la police?

Kelly réfléchit quelques instants.

— Non, ils vont sûrement dire que c'était une farce. Laisse tomber. C'est pas grave.

Elles reprirent leur chemin. Un peu secouée, Rachel gardait le silence. Kelly chassa la sensation de picotement qui accompagnait chaque brimade qu'elle subissait. Rien de plus familier pour la petite boulotte de Pitney Docks. C'était l'apanage des mal-aimés, apparemment.

— Tu vas réviser, ce soir? demanda Rachel.

— Je pense.

— Tu veux venir dîner à la maison?

Kelly fronça les sourcils et baissa les yeux.

— Il faut que je parle à tante Doris, à propos de l'argent de la bague.

Rachel ne répondit pas. Elle était au courant des problèmes d'argent de son amie. Sa tante était encore plus pauvre que la mère de Rachel, qui était divorcée. Mais au moins le père de Rachel versait-il une pension. Les parents de Kelly étaient morts dans un terrible accident près de Mount Adams; leur voiture avait quitté la route et s'était écrasée dans un précipice, six ans auparavant.

— Kelly, j'en ai parlé à maman. Si tu as besoin d'argent pour la bague, on peut t'en prêter.

— Pas question, dit Kelly en secouant la tête.

— Mais il faut que tu portes la bague de la classe. Tu ne seras pas vraiment une terminale sans ça.

Kelly allait protester quand un crissement de pneus la fit se retourner vers le carrefour de Middle Road.

La voiture rouge était de nouveau là. Elle se dirigeait droit sur les deux amies.

— Cours ! cria Rachel.

Mais Kelly restait immobile, comme pétrifiée. Rachel tenta de la tirer en arrière mais Kelly était trop lourde. Le conducteur de la Buick freina brutalement et stoppa net devant Kelly.

— Au secours ! hurla Rachel.

La vitre s'abaissa.

— Alors c'est toi ! s'écria Kelly. T'es pas un peu cinglé, non ?

Rachel contempla le beau garçon au volant de la Buick.

— Jeremy Rice ! Qu'est-ce que...

Jeremy leur sourit, dévoilant des dents étincelantes, et posa sur elles le regard ravageur de ses yeux verts.

— Salut, Kelly. Je pensais bien que c'était toi. Excuse, je ne voulais pas te faire peur.

— Tu n'avais pas besoin de... fit Kelly en plissant les yeux.

— Oh ! du calme ! coupa Jeremy. Pas la peine de t'énerver. Je pensais seulement...

— Tu pensais quoi ?

Jeremy haussa les épaules et repoussa une boucle d'épais cheveux bruns.

— Euh, je me demandais si ça te dirait de m'accompagner au centre commercial de Tremont... On pourrait manger une pizza.

Kelly le regarda, stupéfaite : la proposition la déconcertait totalement. Pourquoi Jeremy Rice l'invitait-il à manger une pizza ?

— Je ne peux pas, répondit-elle abruptement.

— Oh, allez... insista Jeremy en fronçant les sourcils.

Rachel tira son amie par la manche.

— Tu vois, qu'est-ce que je t'avais dit? Vas-y!

— Bon, d'accord, céda-t-elle en rougissant. Rachel et moi, on veut bien venir.

Le visage lisse de Jeremy se crispa.

— Euh... c'est pas que je veuille pas de Rhonda...

— Rachel, corrigea Kelly.

— Ouais, si tu veux, poursuivit-il. Seulement mon père a dit qu'il ne voulait qu'une personne à la fois dans sa voiture neuve. Dommage, Rhonda.

Kelly secoua la tête.

— Laisse tomber, Jeremy! Ça tient pas debout, ton histoire!

Jeremy lui adressa un clin d'œil.

— Hé! le prends pas comme ça!

— Vas-y, souffla Rachel. Ils en seront tous babas!

— Ouais, continua Jeremy en souriant, j'ai envie d'être seul avec toi, Kelly. Allez, viens.

— Et Liza, alors? demanda Kelly d'un air de défi.

Jeremy fit un geste évasif et détourna les yeux.

— Oh! c'est de l'histoire ancienne!

Kelly ne savait que faire, elle appréhendait l'épilogue. Elle s'attendait à chaque instant à voir surgir la bande d'amis de Jeremy, riant à gorge déployée. Peut-être avait-il perdu un pari? Ou alors il s'agissait d'un gage d'initiation pour entrer dans un club. Il devait bien y avoir un piège, quelque part. Des types comme Jeremy ne vont pas se chercher des boudins dans les mauvais quartiers...

— Je ne crois pas que j'aie envie de venir, dit-elle finalement.

— Allez, supplia Jeremy. C'est si compliqué que ça d'aller manger une petite pizza avec moi ?

Kelly était tentée de rentrer dans le jeu, pour essayer de deviner la solution de l'énigme. Et si la proposition de Jeremy était sincère ? Une petite voix lui murmurait de se tenir sur ses gardes. Rachel la poussa vers la voiture.

— C'est seulement pour une pizza.

Kelly savait qu'elle n'avait pas le droit : tante Doris s'était montrée intraitable là-dessus. Pas de sortie avant seize ans.

— Monte, lui chuchota Rachel. Il va s'en aller.

— Alors ? fit Jeremy.

Elle n'avait pas le droit, jusqu'à vendredi, jour de son anniversaire. D'un autre côté, le garçon le plus craquant de l'école lui proposait d'aller manger une pizza au centre commercial. Et sa tante ne rentrerait pas à la maison avant deux bonnes heures. Kelly avait largement le temps de découvrir à quoi jouait Jeremy.

« C'est un piège », se dit-elle.

Mais aurait-elle beaucoup d'occasions comme celle-là, dans sa vie ?

« Sois prudente. »

« Vas-y ! »

Jeremy gloussa et leva les mains en signe de défaite.

— Bon, si tu n'as pas envie...

— Si ! s'entendit répondre Kelly. Je viens.

— Bravo ! murmura Rachel.

Kelly fit le tour de la voiture et s'installa à l'avant, à côté de Jeremy. Elle ferma la portière et se cala sur le siège en cuir. Rachel lui fit un petit signe, Kelly lui répondit en souriant.

Jeremy cligna de l'œil.

— A bientôt, Rochelle.

— Rachel.

Et la Buick s'éloigna dans Rockbury Lane.

Ils repassèrent devant l'école. Kelly essayait de se détendre mais elle ressentait des picotements dans tout le corps. Rouler dans une voiture de luxe avec un beau garçon, n'était-ce pas le rêve de toutes les filles ?

Elle se pinça. Elle ne rêvait pas. Ce n'était pas un cauchemar, comme la terrible vision qui la hantait : l'accident de ses parents. Elle n'en avait pas été témoin et pourtant elle en rêvait, parfois.

Jeremy l'observait du coin de l'œil avec une expression étrangement impatiente.

— Alors, ça va, Kelly ?

Elle haussa les épaules.

— Comme d'habitude.

Jeremy eut un sourire crispé.

— Enlève-moi ces lunettes, une minute, tu veux ? Et puis non, ça fait rien.

Kelly retira les affreuses lunettes en rougissant.

— Comme ça ? C'est ce que tu voulais ? demanda-t-elle d'un ton brusque.

Jeremy hocha la tête et se passa la main dans les cheveux.

— T'es pas si mal, tu sais. Tu as un joli visage.

Elle se hâta de remettre ses lunettes et détourna le regard.

— J'aimerais bien que tu arrêtes de te moquer.

— Je ne me moque pas, Kelly. Tu es drôlement

intelligente, bien plus que moi. J'ai des muscles mais pas de cervelle !

Elle le regarda. Pourquoi se rabaissait-il ? Voulait-il vraiment gagner son estime ?

Elle se détendit un peu.

— Je... excuse-moi, j'ai eu une mauvaise journée.

— Moi, j'ai tout le temps de mauvaises journées. Et si on écoutait le nouveau CD que j'ai acheté hier ? Tu vas aimer, je crois.

De la musique classique emplit soudain la Buick.

— Bach ! C'est ce que je préfère, s'écria Kelly. Comment tu le sais ?

Jeremy haussa les épaules.

— J'ai regardé dans l'annuaire de l'école, y a tout là-dedans.

Kelly se permit un sourire.

— Et tu as fait ça pour moi ?

— Ouais, j'ai pensé que je devrais me trouver une fille avec de la cervelle, tu sais, une fille avec qui je puisse parler.

Est-ce que c'était vraiment à elle qu'une chose pareille arrivait ?

Jeremy gara la Buick dans le parking du centre commercial. Il se précipita même pour ouvrir la portière à Kelly. Elle commençait à apprécier la sortie improvisée. Les autres, les chanceux, se sentaient-ils tout le temps aussi heureux ?

Ils se dirigèrent vers l'entrée. Jeremy jetait des coups d'œil furtifs alentour, comme s'il craignait d'être vu en compagnie de Kelly, mais elle ne s'en aperçut pas. Elle commençait à croire au rêve, et à faire confiance à Cupidon.

Pas étonnant que Liza ait été si furieuse contre elle : Kelly lui avait bel et bien piqué son petit ami !

Ils pénétrèrent dans la galerie commerciale climatisée. Jeremy la conduisit vers un petit restaurant, le *Pizza Emporium*. Il commanda quatre parts de pizza et deux grands Coca. Ils s'assirent un peu à l'écart, à une petite table romantique.

— Tu ne manges pas ? demanda Jeremy.

Kelly n'avait pas faim. Elle dévisageait Jeremy qui ne touchait pas non plus à sa pizza. Il n'arrêtait pas de regarder autour de lui comme s'il cherchait quelqu'un ou quelque chose.

— Qu'est-ce qu'il y a ? s'enquit Kelly en suivant la direction de son regard.

— Mais... rien...

Kelly crut entrevoir une chevelure blonde dans la vitrine d'une boutique de vêtements. Liza était-elle en train de les espionner ? Pourquoi Jeremy avait-il l'air si distrait ?

— Jeremy...

Il montra l'assiette en carton.

— Mange, Kelly. Je croyais qu'une fille de ton gabarit pouvait avaler au moins une douzaine de parts.

— Nous y voilà ! marmonna Kelly.

Jeremy Rice n'avait pu retenir sa remarque blessante. La politesse lui était apparemment étrangère. Kelly était pauvre mais au moins avait-elle été bien élevée. Elle repoussa l'assiette.

— Qu'est-ce que tu cherches, en fait ?

Il poussa un soupir dégoûté.

— D'accord, Kelly, je te dis tout ! Je donne une soirée samedi soir, chez moi, une soirée-piscine. Je voulais t'inviter. Ça te va ? Tu trouves ça assez clair ?

Kelly regretta soudain de s'être montrée aussi brusque.

— Une soirée ?

— Ouais, ça serait une bonne occasion pour toi d'élargir un peu ton cercle d'amis. Il n'y aura que des gens sympas.

Elle pouvait accepter : elle aurait seize ans vendredi. Cette soirée serait sa première sortie officielle. Tante Doris ne pouvait pas refuser.

— D'accord, répondit-elle. Je serais heureuse d'être ta partenaire, Jeremy.

Elle voulut lui prendre la main par-dessus la table mais il recula comme si un serpent l'avait mordu.

— Euh... un petit truc, chérie. Tu dois faire quelque chose pour moi.

Kelly se mit à rougir et baissa les yeux.

— Je ne suis pas ce genre de fille, Jeremy. J'espère que tu ne crois pas...

Il éclata d'un rire nerveux.

— Non, non, c'est pas ça ! Pas du tout ! Tu es une fille intelligente, tu vois, tu t'y connais en ordinateurs et tout le bazar.

— Et alors ?

Il se pencha en avant et prit un air charmeur.

— Kelly, j'ai besoin que tu me rendes un grand service. Je n'ai pas la moyenne dans deux matières, tu sais, en littérature et en histoire...

— Je t'aiderai à réviser, proposa-t-elle.

— Euh... non, c'est pas vraiment à ça que je pensais, fit-il en soupirant. Je voudrais que tu me changes mes notes.

— Changer tes notes ?

Jeremy fit la grimace.

— Ouais, tu peux pirater l'ordinateur de l'école, non ? Tu changes tout. Personne ne le saura.

— Moi, je le saurai ! coupa Kelly. Pas question, Jeremy.

Il sourit d'un air méprisant.

— Tu ne peux pas ! Tu ne sais pas le faire ! Alors, tu n'as qu'à demander à une de ces lavettes du club.

La vérité, enfin, éclatait dans toute sa cruauté. Jeremy voulait seulement l'utiliser. Il se fichait complètement d'elle. Comment avait-elle pu croire une minute à sa sincérité ?

— Allez, insista Jeremy qui n'avait pas l'air de vouloir faire marche arrière. Ça ne te prendra même pas cinq minutes. Tu peux inviter tous ces abrutis à ma soirée, si tu veux. Mais fais ça pour moi, juste ça. J'ai pas envie de me taper ces cours d'été !

Kelly se rappela brusquement que le banquet du club était prévu pour le samedi soir. Elle ne pouvait pas faire faux bond à ses amis, ses vrais amis, pas intéressés comme Jeremy. Même Marshall faisait figure de chevalier flamboyant à côté de ce beau garçon avec sa voiture neuve.

— Tu peux faire ça pour moi, Kelly, si tu...

Elle se leva brusquement et faillit renverser la table.

Jeremy se recula sur sa chaise.

— Hé !

Elle saisit le gobelet de Coca et le lui envoya en pleine figure.

— Tu perds ton temps, pauvre type !

Jeremy était complètement abasourdi.

— Tu vas pas t'en aller pour ça, quand même ?

— Et comment !

Kelly s'empara de son sac et se fraya un chemin parmi les tables du restaurant. Elle sentit tout à coup une main l'agripper par-derrière. Elle se retourna : c'était Liza qui l'avait attrapée par son chemisier.

— Je lui avais bien dit que tu n'accepterais pas, la grosse ! Tu vas me le payer...

Kelly vit rouge : elle s'élança de tout son poids sur Liza qui vacilla et s'écroula parmi les tables et les chaises. Kelly crut, durant quelques secondes, qu'elle avait blessé son ennemie mais celle-ci se remit vivement debout.

— Tu vas me le payer, boudin ! glapit-elle.

Jeremy avait surgi à ses côtés.

— Quelle grosse vache ! Dire que j'allais l'inviter à ma soirée !

Kelly prit ses jambes à son cou et s'enfuit dans la galerie commerciale. Peu lui importait ce qu'ils lui avaient fait : rien ne pouvait plus l'atteindre.

— Tu es finie à Vandaway, tu m'entends ? hurla Liza d'une voix suraiguë.

— Tirons-nous d'ici avant que la sécurité ne débarque, dit Jeremy en l'attrapant par le bras.

Kelly sortit du centre commercial et se dirigea vers l'arrêt de bus. Elle tremblait de tous ses membres. Était-ce bien elle qui avait foncé sur Liza quelques minutes plus tôt ?

Quel pauvre minable, ce Jeremy ! Se servir d'elle comme ça ! Qu'il y aille, à ses cours d'été, ça lui ferait les pieds !

Elle attendait le bus quand elle vit la Buick rouge avancer dans sa direction. Son cœur bondit. Elle recula dans l'abri et pria pour qu'ils ne l'aperçoivent pas.

Au bout de quelques instants, elle se retourna et balaya le parking du regard : la Buick avait disparu. Qu'allait-elle raconter à Rachel ? La vérité, la terrible, l'horrible vérité.

Jeremy avait voulu se servir d'elle, l'utiliser et la jeter après, comme un Kleenex. Liza était sa complice. Et maintenant, ils allaient retrouver leur monde de gosses de riches, de gosses pourris, le monde des privilégiés.

Un monde qui n'allait pas tarder à dévorer Kelly.

3

Son seizième anniversaire !

Kelly avait peine à croire que le moment était enfin arrivé. Au moins, elle pourrait passer son permis de conduire. Et tante Doris l'autoriserait enfin à sortir avec des garçons, comme elles en étaient convenues toutes deux le jour des treize ans de Kelly. Désormais, rien ne serait plus comme avant.

— Seize ans ! J'ai seize ans !

Kelly était sur le trottoir, en face de la vieille maison de sa tante. Le chemin lui avait paru court, elle s'était dépêchée. La tête lui tournait. Pourquoi tout semblait-il si étrange ? Ça faisait vraiment cet effet-là, d'avoir seize ans ?

Elle monta quatre à quatre les marches du perron

et s'arrêta, hésitante, devant la porte d'entrée. Elle ne trouvait plus sa clé mais la porte était déjà ouverte.

— Tante Doris ?

Elle plongea son regard dans le vestibule. Tout paraissait vide et nu, alors qu'elle s'attendait à une fête délicieuse, avec gâteau et cadeaux.

Elle pénétra dans la maison et tendit l'oreille. Elle appela une nouvelle fois. Seul un silence de mort lui répondit.

Le jour de ses seize ans.

Quelqu'un s'en souvenait-il ?

Kelly voulut allumer l'interrupteur mais le courant était coupé. Elle s'avança à tâtons vers le téléphone. Mais il n'y avait pas de tonalité.

Elle reposa le combiné.

— Bon, vous pouvez vous montrer, maintenant !

Pas de réponse.

— Eh, ce n'est pas drôle !

Un craquement se fit entendre dans les profondeurs de la maison. Peut-être qu'une fête-surprise l'attendait ? Et si c'était autre chose qui l'attendait, quelque chose qu'il valait mieux fuir ?

Son cœur se mit à battre et des gouttes de sueur perlèrent sur son front.

— Si vous ne vous montrez pas, je m'en vais.

Silence.

— Je m'en vais pour de bon.

Kelly fit demi-tour et s'aperçut que la porte d'entrée était fermée. A double tour.

— Kelly !

Elle jeta un coup d'œil derrière elle.

— Bon anniversaire, Kelly !

La voix, inquiétante, inconnue, provenait du

second étage. Kelly cherchait à percer l'obscurité de la cage d'escalier. Une lueur rougeoya au-delà de la dernière marche.

Était-ce sa fête-surprise ?

La voix retentit de nouveau.

— Douce jeune fille de seize ans. Et on ne l'a encore jamais embrassée ! Tu es prête pour la fête, Kelly ?

— Qui est là ? demanda-t-elle d'une voix tremblante.

— Viens, chérie. Viens fêter tes seize ans.

Kelly ne put résister davantage à l'invitation. L'étrange lueur qui brillait en haut de l'escalier l'attirait comme un aimant. Ils l'attendaient tous au second, ils se cachaient, ils allaient bondir et crier : « Surprise ! »

— C'est l'heure de la fête, reprit la voix.

— Oui, murmura Kelly, ma fête.

Elle observait la lueur vacillante. Ses yeux s'élargirent : un grand gâteau à trois étages flottait vers elle, décoré de seize bougies. Kelly les compta une à une. La clarté des petites flammes illuminait son visage à l'expression naïve et heureuse. Le gâteau paraissait succulent.

— Vous pouvez vous montrer, maintenant ! cria-t-elle aux ombres mouvantes qui l'entouraient. Je voudrais... Non, non...

Une forme noire était sortie en rampant de l'obscurité et se penchait au-dessus du gâteau. Kelly ne pouvait distinguer le visage de la silhouette menaçante. L'intrus leva les mains et agita des doigts osseux.

— Qu'est-ce que vous faites ? s'écria Kelly.

Le spectre baissa les mains et plongea un couteau au beau milieu du gâteau d'anniversaire.

Kelly entendit l'inconnu qui se rapprochait d'elle en traînant les pieds.

— Non, restez où vous êtes !

Mais la forme continuait d'avancer.

— Seize bougies, dit la voix mystérieuse. *Tu n'es pas digne de tes seize bougies !*

Kelly recula jusqu'au bord de la cage d'escalier. Elle chancela et faillit perdre l'équilibre. Le démon était presque sur elle, à présent, elle pouvait sentir le souffle brûlant sur son visage.

— Non !

— Seize bougies, Kelly. Tu ne verras jamais les dix-sept.

Kelly se mit à crier en levant les bras pour se protéger. L'inconnu se précipita sur elle.

— Jamais !

Kelly perdit pied et plongea dans le trou noir, sans fond. Les mâchoires de la mort allaient se refermer sur elle...

Kelly s'éveilla en sursaut. Elle s'assit dans son lit et laissa son regard errer par la fenêtre ouverte, essayant d'oublier son affreux cauchemar. Une brise légère rafraîchissait l'atmosphère de sa chambre chichement meublée. Les jours allongeaient, trop au gré de Kelly. Elle frissonna. Elle était dans la maison de sa tante, à Pitney Docks. Ce n'était pas son anniversaire. Quelques heures seulement s'étaient écoulées depuis l'incident avec Liza et Jeremy.

Elle posa les pieds sur le plancher usé. Toute sa

journée lui revint en mémoire, brutalement, impitoyablement. Depuis le début, elle s'était attendue que Jeremy lui joue un de ses tours cruels. Bien qu'elle ait aspergé Jeremy de soda et poussé Liza dans le décor, elle se sentait humiliée.

Pourquoi cela lui avait-il fait si mal? Parce qu'elle s'était prise à espérer. Plus dure était la chute. Des filles comme Kelly n'avaient pas le droit de rêver.

Elle était rentrée en bus à Pitney Docks, dans sa maison délabrée. Sa tante n'était pas encore là; Kelly s'était précipitée dans sa chambre et jetée sur son lit. A force de pleurer, elle s'était endormie.

Le cauchemar avait surgi, l'avait réveillée et ramenée à la triste réalité. C'était nouveau, ce rêve. Avant, elle était hantée par des cauchemars sur l'accident de ses parents. Bien qu'elle n'ait pas assisté à la catastrophe, la vision la poursuivait et se répétait, surtout durant les périodes d'angoisse.

— Qu'est-ce que j'en ai à faire? se dit-elle tout haut.

Elle alluma la lampe de chevet. La vieille pendule accrochée au mur indiquait qu'il était plus de sept heures. Elle se leva et se dirigea vers la porte.

Si tante Doris était rentrée, il fallait lui parler de l'argent de la bague. Kelly ne pouvait quand même pas être la seule de toutes les terminales à ne pas avoir de bague.

Kelly tendit l'oreille mais la maison était silencieuse. Elle se dirigea vers l'escalier d'un pas lourd et jeta un coup d'œil en bas.

— Tante Doris?

Pas de réponse.

C'était presque comme dans son rêve.

Elle commença à descendre avec précaution en se tenant à la rampe. Sa tante n'était jamais en retard. Elle rentrait toujours à six heures. Pourquoi n'était-elle pas là aujourd'hui ?

— Tante Doris ?

Elle était au milieu de l'escalier quand elle entendit un bruit de pas. Elle aperçut une forme noire en bas et commença à rebrousser chemin. La silhouette leva la tête, puis le vestibule s'éclaira et Kelly reconnut sa tante qui la dévisageait, l'air mécontent.

— Tu ne devrais pas descendre dans le noir, dit tante Doris de sa voix rauque. Maladroite comme tu es, tu pourrais tomber et te casser le cou.

Kelly soupira ; elle en venait presque à regretter que ce ne soit pas le fantôme de son rêve au lieu de sa tante.

— Je... excuse-moi. J'ai fait une sieste. Je viens de me lever, je voulais savoir si tu étais rentrée. J'ai besoin de...

— Je suis sortie avec des collègues. On a pris un verre dans un bar. Tu n'as rien contre ? Les seuls moments de plaisir que j'aie dans cette vie.

Kelly se garda de répondre. Sa tante était de mauvaise humeur, comme la plupart du temps. Kelly la regarda se diriger vers la cuisine et rassembla tout son courage en vue de l'affrontement. Elle craignait un refus mais il fallait qu'elle sache, pour la bague comme pour sa fête d'anniversaire. Elle pria pour que sa tante se montre un peu compréhensive.

Tante Doris, grande femme aux épaules voûtées, était accoudée au comptoir de la cuisine devant une bouteille de whisky. Elle buvait souvent mais elle n'usait d'aucune violence physique envers Kelly.

Cependant, sa langue acérée pouvait faire autant de mal qu'une gifle.

Kelly s'attabla en attendant le moment propice. Tante Doris se retourna : elle avait des joues creuses et de profondes rides barraient son front. Elle devait avoir une cinquantaine d'années mais faisait plus que son âge, avec ses cheveux presque gris. Elle n'avait jamais été belle, contrairement à sa sœur, Lilah Hendricks, la mère de Kelly. Elle portait encore la blouse blanche tachée de l'hôpital.

— Tu as mangé ? demanda-t-elle.

— Euh... non. Je me suis endormie.

Tante Doris haussa les épaules.

— On va se commander une pizza.

Une pizza ! Quelle ironie ! L'incident du centre commercial l'avait dégoûtée à tout jamais des pizzas. Du reste, elle n'avait pas faim.

— Tu la veux avec du salami ?

Kelly secoua la tête.

— Non, je n'ai pas envie de pizza.

— Parfait, si ce n'est pas assez bon pour toi...

— Non, c'est pas ça, tante Doris. Est-ce qu'on pourrait parler une petite minute ?

Tante Doris la rejoignit à table ; son haleine empestait le whisky et la cigarette.

— Au fait, qu'est-ce que tu dirais d'avoir un ou deux amis pour ton anniversaire, vendredi soir ? Tu peux inviter cette fille, Rachel, et ton petit ami — comment s'appelle-t-il déjà ? — Marshall ? Il y aura de la glace et un gâteau.

Cette soudaine gentillesse déconcerta Kelly.

— Une fête ? Euh... ça serait bien, c'est sûr.

Le visage pâle de tante Doris s'allongea encore davantage.

— Qu'est-ce qui ne va pas ? Tu ne veux pas inviter tes amis ?

Kelly se sentit tout à coup prise de remords. Tante Doris avait fait de son mieux, elle s'était occupée d'elle, ne l'avait pas laissée tomber depuis la mort de ses parents. Doris Hendricks ne s'était jamais mariée et Kelly se sentait plus ou moins responsable de cet état de choses. Qui irait épouser une femme sans beauté, affligée, de surcroît, d'une orpheline ?

— Je fais de mon mieux pour t'habiller et te nourrir, bredouilla tante Doris. Si ça ne te suffit pas...

— Mais si, protesta Kelly. C'est seulement... je me demandais s'il serait possible d'aller chercher ma bague avant vendredi. On doit encore soixante dollars.

Tante Doris poussa un long soupir d'impatience et d'exaspération qui ne disait rien qui vaille.

— Soixante dollars ? Tu sais combien de jours de travail ça représente pour moi ?

Kelly se ratatina sur sa chaise.

— Je sais.

— Je suis désolée, chérie, reprit tante Doris, radoucie. Je suis un peu juste, ce mois-ci. Il va falloir qu'on fasse les boutiques d'occasion pour te trouver quelque chose à te mettre cet été.

Les yeux de Kelly s'emplirent de larmes. Elle savait que sa tante n'y pouvait rien. Elles avaient déjà de la chance, elles arrivaient à survivre !

Mais, quand même, ça faisait mal.

Pas de bague.

Elle serait la seule sans bague.

A quoi pouvait s'attendre une grosse fille de Pitney Docks ?

— Je vais commander la pizza.

La pizza livrée, Kelly se força à en avaler une part. Elle n'avait pas faim mais ne voulait pas vexer sa tante. Après le dîner, elle monta prendre une douche. Elle décida de se coucher tôt pour pouvoir pleurer à loisir dans sa chambre.

Cette nuit-là, elle rêva encore de ses parents. Le joli visage de sa mère flottait devant elle. Lilah Hendricks assurait à sa fille que tout allait s'arranger. Puis la voiture bascula et dégringola sous les yeux de Kelly.

Elle s'éveilla, trempée de sueur, et le réveil se mit à sonner : il était l'heure de se préparer pour l'école.

4

— Kelly ! Hé !

Kelly grimpait les marches du perron de l'entrée principale de Vandaway quand elle entendit la voix douce : elle s'arrêta net et jeta un coup d'œil par-dessus son épaule. Rachel se hâtait de la rejoindre et lui faisait signe de la main.

Kelly ne transpirait pas encore dans sa robe grise au tissu épais. Mais tante Doris ne lui avait guère laissé d'illusions quant à l'élégance de sa garde-robe d'été. Vu la situation, des vacances insupportables se profilaient à l'horizon. C'était une quasi-certitude.

Rachel montait les marches. Son corps mince était

dissimulé sous un large T-shirt. Elle lança à Kelly un regard brûlant de curiosité. Elle voulait connaître en détail le déroulement de la soirée avec Jeremy Rice.

— Alors ? Comment ça s'est passé ? Il t'a...

Rachel s'interrompit au beau milieu de sa phrase. Kelly n'avait pas besoin de lui dire comment cela s'était passé. Son expression lugubre était suffisamment éloquente.

— C'était affreux, hein ?

— Pire, souffla Kelly en hochant la tête.

— Non !

— Il voulait que je change ses notes sur l'ordinateur, pour couper aux cours d'été.

Rachel fit la grimace.

— Oh, mince ! C'est vraiment un pauvre type !

Les lèvres pleines de Kelly grimacèrent un sourire.

— Je... je lui ai flanqué mon verre en pleine figure.

— Pas possible !

— Du Coca. Et j'ai envoyé Liza dans le décor. Elle s'est ramassé une de ces bûches !

Rachel était médusée.

— C'est pas vrai ! Chapeau, ma vieille !

Mais le sourire de Kelly s'évanouit. Elle n'était pas très fière de ce qu'elle avait fait. Elle s'était rabaissée au niveau méprisable de Jeremy et de Liza. Les gens intelligents et civilisés ne devraient pas se conduire comme des hommes des cavernes.

Le visage fin de Rachel exprimait la terreur.

— Kelly, ils ne vont pas laisser tomber. Ils vont te rendre la monnaie de ta pièce, un jour ou l'autre.

Kelly se tourna vers l'entrée.

— Je m'en fiche, Rachel. Complètement. J'ai rendez-vous avec Mlle Monica dans deux minutes. Il faut que j'y aille.

Rachel lui fit un petit signe de la main.

— A tout à l'heure !

Mais Kelly n'entendait déjà plus son amie : elle avait la tête qui tournait. Elle appréhendait l'entretien avec la nouvelle psychologue, Mlle Cheryl Monica. Elle ne l'avait vue qu'une fois, très rapidement, le temps de prendre rendez-vous. Mlle Monica ne connaissait pas Kelly, elle ne s'intéressait pas à elle. D'ailleurs, qui s'intéressait à Kelly, sauf pour se moquer d'elle ?

Mlle Monica leva les yeux lorsque Kelly se présenta. C'était une jeune femme séduisante, aux longs cheveux bruns. Elle était assise derrière un grand bureau encombré de papiers. Elle lui sourit aimablement et l'invita à s'asseoir.

Kelly se tortillait sur sa chaise sans pouvoir trouver une position confortable. Que pouvait-elle attendre de Mlle Monica ? Les autres conseillers la laissaient tranquille parce qu'elle avait de bonnes notes. Elle n'avait qu'une envie : que l'entretien se termine au plus vite ; ainsi pourrait-elle continuer sa misérable existence. Il restait plein d'étudiants à Vandaway qui ne demandaient qu'à la prendre pour cible...

Le doux regard brun de Mlle Monica se posa sur le bulletin scolaire de Kelly.

— Que des notes excellentes, cette année ! dit-elle, admirative. Vous vous débrouillez bien ! Si seulement vous n'aviez pas eu cette note en éducation physique...

— Je n'ai jamais été bonne en éducation physique, fit Kelly en baissant les yeux. Je déteste ça.

— Moi aussi, je détestais ça, gloussa Mlle Monica.

Kelly releva la tête, étonnée par la nuance de sympathie qu'elle avait discernée dans la voix de la psychologue.

— C'est vrai ? Vous détestiez la gym ?

— J'étais complètement nulle. Quand on a fait du tir à l'arc, j'ai failli blesser le professeur. Dieu merci, je l'ai manqué !

Kelly ne put s'empêcher de sourire.

— J'étais comme vous, Kelly : j'ai sauté une classe, j'étais toujours la plus jeune. Je sais que la différence d'âge peut créer des problèmes.

Kelly fut envahie par une vague d'espoir. Mlle Monica la comprenait-elle vraiment ?

— Vous vivez avec votre tante ?

— Oui.

— Tout va bien à la maison ?

— Je crois, répondit Kelly en haussant les épaules.

Mlle Monica la regarda droit dans les yeux.

— Vous êtes sûre ?

Kelly soupira : elle avait envie de parler mais elle craignait que l'émotion ne la submerge.

— On a... on a des problèmes d'argent, quelquefois. Vous savez...

— Je crois que oui, reprit Mlle Monica. On n'était pas riches, nous non plus. Je rembourse encore l'emprunt que j'ai dû faire pour mes études.

Kelly garda le silence tandis que la psychologue examinait une fois encore son dossier. Cette femme lui était sympathique. Jusqu'à maintenant, aucun conseiller n'avait semblé s'intéresser à elle. Ils pensaient tous que Kelly était un petit génie qui n'avait pas de problèmes puisqu'elle travaillait bien.

Mlle Monica referma le dossier et le reposa sur le bureau.

— Kelly, vous êtes une fille intelligente mais je crois que vous avez besoin d'élargir un peu votre horizon. Qu'est-ce que vous faites, pour les vacances ?

— Euh... rien.

Mlle Monica se pencha en avant et croisa les mains.

— Vous avez besoin de faire une pause, Kelly. Je vais m'en occuper. Ça vous plairait d'avoir un job, cet été ?

Kelly écarquilla les yeux derrière ses grosses lunettes.

— Un job ?

— Oui, ici, à Vandaway. On est en train de mettre sur pied un programme de perfectionnement, de juin jusqu'à la fin août. On propose des cours d'art, de gym, de révision, de secourisme. Vous pourriez être secouriste diplômée, vous aideriez aussi pour le matériel. Il y aura même des séminaires de préparation à l'université pour les lycéens avancés, comme vous.

Kelly n'en croyait pas ses oreilles. S'agissait-il encore d'une de ces illusions ? Ou était-ce un nouveau piège tendu par Jeremy et Liza ?

— Vous n'aurez pas beaucoup de temps libre durant la journée, poursuivit Mlle Monica. Il y aura des gens de tous âges. Le salaire est de sept dollars cinquante de l'heure. Il y aura peut-être des heures supplémentaires. Je peux m'arranger pour qu'on ne vous retire pas les taxes, à condition que vous n'ayez pas gagné trop d'argent l'année dernière.

Kelly se mit à rire.

— Je n'ai pas gagné d'argent du tout l'année dernière.

Tante Doris n'avait pas voulu signer les papiers pour qu'elle obtienne son permis de travail.

— Naturellement, l'école vous fournira l'uniforme, les shorts, une chemise de golf et des baskets. Vous n'aurez que les chaussettes à vous procurer.

— Euh... je ne sais pas, fit Kelly en baissant la tête.

Mlle Monica fronça les sourcils.

— Qu'est-ce qui ne va pas ?

— Je... Ça paraît bien. Mais... je ne sais pas si j'en serais capable. Je n'ai jamais travaillé. Je n'ai pas beaucoup d'expérience.

— Mais vous êtes au club d'informatique et ils ont besoin de quelqu'un qui s'y connaisse.

Kelly s'adossa à sa chaise.

— Oui, un job ! Ça paraît merveilleux. Mais je ne sais pas si ma tante acceptera de signer le permis de travail.

— Vous n'avez plus besoin de permis après seize ans, répliqua Mlle Monica.

— Mais je n'ai pas encore...

— Vous aurez seize ans vendredi. Vous ne commencez pas à travailler avant lundi.

— C'est vrai !

— Kelly, vous savez que beaucoup sauteraient sur un job comme celui-là ?

Kelly hocha la tête. Qu'en dirait tante Doris ? Elle lui avait refusé l'autorisation de travailler, l'année précédente, mais aujourd'hui, Kelly pouvait s'en passer. Et de quoi sa tante se plaindrait-elle si elle gagnait de l'argent ?

On allait lui donner des vêtements neufs. Et sa bague, elle pourrait la payer, maintenant ! Comment tante Doris pourrait-elle refuser ?

Mlle Monica semblait déçue.

— Bien sûr, si vous ne voulez pas de ce travail...

— Non !

— Vous ne voulez pas ? C'est ça ?

Kelly devint écarlate.

— Non... enfin... je veux dire... oui. Je le prends.

— Parfait ! Je vais dire à Mme Sikes, l'entraîneur, que vous serez là lundi matin à huit heures. Vous pourrez vous occuper des papiers à ce moment-là.

— Euh... je n'ai pas le permis de conduire.

— Ne vous en faites pas pour ça, répondit Mlle Monica en haussant les épaules. Vous pourrez peut-être vous faufiler dans les cours de conduite. Il y en a en juin.

Elle décrocha son téléphone. Kelly ne bougeait pas, abasourdie. Devait-elle se sentir contente ? Espérer les faveurs du destin, ce n'était pas vraiment son genre. Elle attendait au contraire la bombe qui allait tout faire exploser.

Mlle Monica raccrocha.

— C'est arrangé. « Assistante de loisirs », c'est votre titre officiel.

Ainsi, elle avait un titre. Un sourire illumina son visage. Était-ce vraiment à elle que cela arrivait ?

— Qu'est-ce qu'il y a, Kelly ?

— Euh... rien. Je... je me demandais seulement pourquoi vous faites tout cela pour moi.

— C'est mon travail, répondit Mlle Monica en souriant. Ne me laissez pas tomber.

— Pas de danger.

Kelly, vissée à la chaise, savourait sa chance.

— Y a-t-il autre chose dont vous auriez souhaité me parler ?

— Euh... non...

— Alors, vous pouvez y aller. Les cours vont bientôt commencer.

Kelly se leva. Elle flottait sur un petit nuage.

— Kelly ?

— Oui, mademoiselle ?

— Si je ne vous vois pas avant vendredi, bon anniversaire.

Kelly crut éclater de joie.

— Merci, mademoiselle. Merci pour tout !

Et elle fila vers le hall à la recherche de Rachel. Elle était trop impatiente de lui apprendre la nouvelle. Un job ! Avec un vrai salaire ! Elle allait pouvoir vider son armoire de toutes ses fringues de charité.

Son sourire s'évanouit quand elle aperçut Jeremy et Liza aux aguets dans le couloir. Ils lui lançaient des regards haineux et discutaient à voix basse. Kelly les dépassa. Elle n'allait pas les laisser gâcher sa journée ! Et zut pour les snobs et les abrutis ! Elle aussi avait le droit d'être heureuse.

Elle avait un travail.

L'été s'annonçait plutôt prometteur.

Elle aurait assez d'argent pour sa bague.

Et vendredi, elle aurait seize ans, l'anniversaire de sa vie.

Les choses allaient changer, maintenant.

Mais Kelly était bien loin d'imaginer à quel point.

Après le dernier cours, en ce vendredi après-midi, Kelly était devant son casier, en train de cocher sa liste de choses à faire. Les examens étaient finis. Tout était organisé pour le banquet du club, le samedi soir au *Ramada*. Son annuaire de l'école avait été signé par Rachel, Marshall, Mlle Monica et quelques autres. Et elle s'était arrangée pour régler la somme due pour sa bague dès qu'elle aurait touché son premier salaire.

Il ne restait plus qu'un point à régler : *parler à tante Doris du nouveau travail.*

Jusque-là, elle n'avait pas réussi à trouver le moment propice. Elle craignait que sa tante ne pique une crise. Doris Hendricks était toujours si sévère. Mais Kelly était prête, cette fois, à se rebeller si la réponse était négative. Elle avait seize ans, aujourd'hui même ! Elle avait bien le droit de prendre certaines décisions qui la concernaient. Et elle avait vraiment besoin de cet argent.

— Tiens, voilà le gros fantôme de Pitney Docks !

La voix familière de Liza Brown retentit un peu plus loin. Le hall était bondé, comment Liza avait-elle pu la remarquer au milieu de cette foule ?

Kelly se crispa et risqua un coup d'œil dans la direction de la voix. Elle aperçut une masse de cheveux blonds décolorés. Jeremy était aux côtés de Liza et lui tenait la main. Ils foudroyèrent Kelly du regard.

— Merci, gros tas, siffla Jeremy d'un ton menaçant. Grâce à toi, je me tape les cours d'été.

— Ouais, renchérit Liza. Merci beaucoup, l'obèse. Tu vas nous le payer !

Impassible, Kelly leur tira la langue.

— Hé, Jeremy, tu veux un autre Coca ?

Jeremy rougit et agita la main.

— Tire-toi de là !

— Ouais, tire-toi, mastodonte !

— Toi, la minette décolorée, ça va ! riposta Kelly.

Elle n'avait plus peur d'eux, désormais, et ils le savaient.

Hors d'elle, Liza entraîna Jeremy. Kelly termina de ranger son casier et le referma brutalement.

— Ils ne peuvent plus m'atteindre !

Elle allait entrer en terminale. Et elle avait seize ans. Elle était majeure.

Kelly balaya le hall du regard. Où était passée Rachel ? Elles devaient la fêter ensemble, cette date importante : on n'a pas tous les jours seize ans ! Un bref instant, elle regretta que ses parents ne soient pas là. Étaient-ils en train de l'observer, du haut de leur nuage, dans le mystérieux au-delà ? Étaient-ils fiers d'elle ?

Kelly se dirigea vers la sortie, tout en regardant autour d'elle dans l'espoir d'apercevoir Rachel. Elles n'avaient fait aucun projet mais, pour Kelly, c'était évident qu'elles passeraient cette soirée ensemble. Et si Rachel avait oublié ?

Peut-être était-elle en train de lui choisir un beau cadeau ?

La tête dans les nuages, Kelly descendit Rockbury Lane. Le parc verdoyant résonnait du chant des oiseaux. Une brise tiède agitait doucement les feuilles des ormes et des érables. La sirène d'un remorqueur se fit entendre au loin. Quelle journée merveilleuse, le plus beau jour de sa vie ! Elle n'avait pas besoin d'une fête stupide avec de faux amis.

C'était bon pour des snobs pourris comme Liza et sa clique !

Kelly traversa le parc et pénétra dans Pitney Docks. Elle bifurqua dans MacDonald Avenue en jetant un coup d'œil à la maison de Rachel. Elle alla frapper à la porte mais il n'y avait personne. Elle repartit en direction de la maison de sa tante.

En approchant, elle remarqua que la porte d'entrée était entrouverte. Elle gravit le perron et hésita quelques secondes. Cela ressemblait tant à son rêve qu'elle en avait la chair de poule. Dans son cauchemar aussi, la porte était ouverte.

Sa tante ne devait pas rentrer de son travail avant deux bonnes heures. Peut-être avait-elle oublié de fermer la porte en partant ce matin ? Kelly tendit le cou et prêta l'oreille.

— Il y a quelqu'un ?

Elle scrutait les ombres à travers la vitre. Et si on était entré par effraction ? Peut-être ferait-elle mieux d'aller chez un voisin et d'appeler sa tante à l'hôpital...

— Il y a quelqu'un ? répéta-t-elle.

Elle allait faire demi-tour quand elle aperçut une faible lueur dans l'entrée. Exactement comme dans son rêve. Elle s'approcha pour vérifier si la lumière venait de la cuisine.

— Qui est là ?

Tout était si étrangement semblable à son rêve.

Elle ne pouvait entrer : elle avait vraiment la frousse.

La voix de sa tante retentit dans la vieille maison.

— Kelly ?

Kelly poussa la porte.

— Tante Doris ?
— Je suis dans la cuisine, chérie. Je ne me sentais pas bien alors j'ai pris mon après-midi. Tu ne voudrais pas venir m'aider ?
« Génial ! Elle a trouvé le moyen de me gâcher mon anniversaire ! J'aurais dû m'en douter. »
Mais, arrivée sur le seuil de la cuisine, Kelly ne vit pas sa tante : ses yeux se posèrent sur la table. Seize bougies étaient allumées sur un gâteau blanc barré d'un « Joyeux Anniversaire » en sucre rouge.
— Surprise !
Rachel jaillit du placard à balais. Tante Doris et Marshall s'étaient cachés sous la table.
Kelly resta sans voix. Un gâteau ! Des bougies ! Et des cadeaux sur la table, flamboyants dans leur papier brillant, des boîtes fleuries !
Rachel l'embrassa.
— Joyeux anniversaire ! C'est ta tante qui a tout organisé !
Marshall désigna un paquet rouge.
— Ça, c'est le mien, il faut l'ouvrir en premier.
Tante Doris le menaça du doigt.
— Non, on mange d'abord la glace et le gâteau avant d'ouvrir les cadeaux.
Kelly retint à grand-peine des larmes de joie.
— Oh, merci ! C'est tellement merveilleux !
— Tu dois faire un vœu, déclara tante Doris. Souffle les bougies.
Kelly pensa que tous ses vœux s'étaient déjà réalisés. Elle se pencha et souffla toutes les bougies d'un seul coup. Puis elle s'attabla avec les autres. Tante Doris servit la glace et découpa le gâteau. Elle était vêtue de son ensemble gris du dimanche, tout neuf,

et d'un chemisier blanc. Et elle avait fait un effort de coiffure. Elle paraissait presque avenante.

Tante Doris s'assit à côté de Kelly.

— Je suis désolée qu'il n'y ait pas ton nom sur le gâteau, Kelly. Ils m'ont fait un prix spécial à la pâtisserie à condition que j'en prenne un qu'on n'était pas venu chercher. Ils ont remplacé l'autre nom par des roses.

— Ça ne fait rien, assura Kelly en souriant. Tout est génial !

Marshall lui adressa un clin d'œil.

— C'est le moment d'ouvrir les cadeaux, maintenant.

— Le mien d'abord ! s'exclama Rachel.

Tante Doris fronça les sourcils.

— La glace et le gâteau, c'étaient mes cadeaux. Je suis désolée, je ne pouvais pas faire plus.

Quelle importance ? Kelly ouvrit le paquet de Rachel. C'était une fine écharpe de soie bleu ciel, sa couleur préférée.

— Le mien, maintenant ! répéta Marshall.

Kelly retira le papier rouge qui enveloppait une montre de sport, avec chronomètre.

— Oh, Marshall, c'est beaucoup trop !

Il rougit et agita la main, radieux.

— Je l'ai eue gratuitement, avec mon nouvel ordinateur.

Rachel admira l'objet de haute précision.

— Waouh, Kelly, ça va t'être utile pour ton nouveau travail !

Tante Doris leva les yeux, l'air tout à coup hostile.

— Un travail ? Tu ne m'en as pas parlé.

Kelly se raidit.

— Oui, j'allais le faire, justement. On m'a proposé un job à l'école, cet été : je vais aider au centre de loisirs de Vandaway.

Tante Doris fit la grimace et leva les yeux au ciel.

— Ah bon ? Et combien te paient-ils ?

Kelly avait soudain les lèvres sèches.

— Euh, le salaire minimum, mentit-elle pour ne pas vexer sa tante.

Doris Hendricks soupira et hocha la tête.

— Comme moi, fit-elle, radoucie.

— Je suis désolée de ne pas t'en avoir parlé avant mais je...

— Ça ne fait rien, reprit sa tante. Il est temps que tu commences à travailler. Et puis ce n'est que pour l'été. Tes études n'en souffriront pas.

— Je peux aussi commencer à sortir, lui rappela Kelly.

— C'est d'accord ! s'exclama Marshall avec enthousiasme.

Tante Doris ne sourit pas mais hocha la tête.

— Tu as seize ans, maintenant, Kelly. Je ne peux pas te protéger éternellement. Tu peux faire ce que tu veux, à condition que tu continues à bien étudier.

Kelly ne s'attendait pas que sa tante se montre si conciliante.

— Merci, dit-elle en l'embrassant.

Tante Doris se leva brusquement.

— Eh, on n'a pas chanté !

— On y va ! dit Marshall.

Rachel eut un petit rire nerveux, soulagée que tout se soit bien passé entre Kelly et sa tante.

— Joyeux anniversaire, Kelly. Tu es majeure, maintenant.

Et ils entonnèrent leur chanson d'une voix de fausset. Kelly flottait sur un petit nuage. Tout était vraiment parfait.

Pour la première fois de sa vie, la grosse fille de Pitney Docks avait foi en l'avenir.

5

Trois mois plus tard

Le cœur battant, la poitrine douloureuse, les mollets brûlants, Kelly courait en balançant les bras en cadence le long de la piste qui bordait le terrain de foot du stade de Vandaway. Les semelles de ses baskets frappaient le sol en rythme. Elle achevait son huitième et dernier tour. C'était la première fois qu'elle tentait de courir trois kilomètres. Elle s'était entraînée mais elle n'était pas sûre de tenir le coup.

Ses lunettes lui glissaient sans cesse du nez. Et, sans cesse, elle les remontait. Elle y voyait à peine à travers les verres épais, embués de sueur, mais elle tenait bon. La victoire était à sa portée.

Elle crut qu'elle allait s'effondrer. Mais quand elle aperçut la ligne d'arrivée, un sursaut d'énergie la galvanisa. Et elle franchit la ligne dans un sprint. Elle leva les bras, triomphante. Elle y était arrivée ! Trois kilomètres !

Elle mit les mains aux hanches, chancelante, à bout de souffle. Elle avait l'impression de flotter.

Allait-elle s'évanouir? Non, l'énergie ne l'avait pas abandonnée.

— Un sacré bout de chemin, hein, Kelly?

Elle entendit des applaudissements éclater dans les tribunes du stade. A travers la buée de ses lunettes, elle vit une silhouette qui descendait vers elle. Elle avait reconnu la voix d'Evelyn Sikes, le professeur d'athlétisme, une femme mince, blonde, aux yeux bleus, qui avait été son chef tout l'été au centre de loisirs.

Kelly s'était révélée une recrue de choix pour Vandaway. Le travail l'avait beaucoup absorbée et lui avait permis d'économiser deux mille dollars, même en ayant pris à sa charge quelques dépenses à la maison.

— Vous avez couru les trois kilomètres? demanda Mme Sikes.

Kelly hocha la tête.

— C'est la première fois, dit-elle, encore essoufflée.

— Vous devriez faire partie de l'équipe de Vandaway, cette année, Kelly. Je crois que vous êtes meilleure au sprint qu'à l'endurance. Vous courez vraiment vite.

Kelly secoua la tête en rougissant.

— Oh! je ne pourrai jamais, je ne suis pas au niveau.

Mme Sikes haussa les épaules.

— En tout cas, pensez-y. Vous savez que mon mari est entraîneur à Rochester. Ça me plairait que notre équipe les batte l'an prochain. Il serait fou!

Kelly prit une profonde inspiration et s'essuya le front. L'après-midi était chaud et ensoleillé. Une brise fraîche venue de l'océan soufflait sur Port City, comme un avant-goût de l'automne. C'était la fin d'une journée de travail ; pour Kelly, presque la fin de son travail. Il ne restait qu'une semaine avant la reprise des cours.

— Alors, ça commence à vous plaire, l'exercice ? demanda Mme Sikes.

— Oui, madame.

Elle avait rajouté la course à ses cours d'aérobic. Elle se sentait mieux dans sa peau mais elle se savait encore grosse. Elle serait toujours grosse.

— C'est vous qui avez les clés du minibus ? demanda Mme Sikes.

Kelly baissa la tête et rougit.

— Oui, c'est moi, je... excusez-moi.

Elle avait pris des cours de conduite en juin et passé son permis. Elle avait transporté, à plusieurs reprises, des groupes pour des sorties dans toute la Nouvelle-Angleterre. Elle conduisait très bien, à présent.

Elle fouilla les poches de son short et tendit les clés à Mme Sikes.

— Je suis désolée, je les avais complètement oubliées.

— Ce n'est pas grave. J'ai besoin du minibus pour accompagner un groupe au bowling, demain.

— Le départ est à quelle heure ?

— Je pensais vous laisser la permanence. Ça devrait être assez tranquille, pour un samedi.

— Moi ? La permanence ?

— Et pourquoi pas ? demanda Mme Sikes en haussant les épaules. Vous connaissez le travail. Il faut seulement vérifier le matériel et surveiller les petits.

— Mais je ne sais pas...

— J'ai confiance en vous, Kelly. Vous avez fait du bon boulot, surtout pour le classement des fiches et l'inventaire du matériel. On va économiser beaucoup d'argent, cette année. Grâce à vous, on a pu mettre à jour la liste des membres et on a trouvé des responsables pour le centre d'apprentissage. Vous pouvez être fière !

Kelly retira ses lunettes pour les nettoyer soigneusement.

— Ce n'était pas vraiment difficile. N'importe qui aurait pu en faire autant.

— Ne vous sous-estimez pas, Kelly. Vous avez fait un sacré chemin. Vous ne vous rappelez pas que vous arriviez à peine à boucler un tour, au début ? Aujourd'hui, vous en faites huit. Ce n'est pas un progrès ça ?

« N'empêche, pensa Kelly, je suis encore grosse. »

Elle se souvint de son premier jour de travail, de l'examen médical. L'infirmière scolaire lui avait demandé de monter sur la balance. Elle pesait alors soixante-sept kilos, beaucoup trop pour son mètre soixante-quatre. Elle s'était sentie très humiliée.

Mme Sikes considéra la jeune fille aux grosses lunettes. Elle savait que Kelly manquait de confiance en elle. Peut-être était-ce le moment de la secouer un peu. Après tout, le mois d'août était presque terminé. Les cours allaient reprendre. Il fallait aider Kelly. D'autant que ce n'était pas chez elle qu'elle allait trouver des encouragements.

— Vous êtes occupée, maintenant, Kelly ?

— Non, madame, pourquoi ?

— Venez, je voudrais vous montrer quelque chose.

Kelly suivit Mme Sikes dans la salle de musculation. L'équipe de foot s'était entraînée tout l'été mais, en ce vendredi après-midi, la salle était déserte. Kelly n'aimait pas les haltères, elle se contentait de faire de l'aérobic, de courir et de nager parfois dans la piscine du lycée.

Mme Sikes se fraya un passage parmi les machines vers le mur du fond, Kelly sur ses talons.

— Vous prenez les vitamines que l'infirmière vous a données ?

Kelly hocha la tête. Elle se faisait la cuisine, chez elle, en évitant les aliments gras et sucrés que tante Doris rapportait invariablement. Un régime sain de poisson et de légumes lui avait fait beaucoup de bien mais elle avait encore des kilos à perdre.

Ah ! si seulement elle n'avait pas ce problème de poids !

Mme Sikes s'arrêta devant une balance.

— Montez, ordonna-t-elle. Voyons un peu combien vous pesez.

Kelly rougit et baissa les yeux. Elle ne voulait pas se peser. Le résultat était toujours décevant et humiliant.

— Je n'y tiens pas.

— Allez ! insista Mme Sikes.

Kelly soupira et monta sur la balance. L'aiguille se stabilisa sur cinquante-cinq kilos.

Mme Sikes recula d'un pas.

— Alors, vous voyez ? Vous avez fait des progrès. Ça, on peut vraiment dire que vous avez maigri !

Kelly repoussa ses lunettes et plissa les yeux.

— Cinquante-cinq ? Il y a une erreur.

— On a vérifié la balance hier matin. Elle est juste.

Kelly fronça les sourcils d'un air incrédule.

— Douze kilos ? J'ai perdu douze kilos ? J'espère que je ne suis pas malade.

— Vous n'êtes pas malade, Kelly. Seulement, vous n'êtes plus grosse.

— Mais... mais je me sens grosse !

Mme Sikes lui adressa un large sourire.

— Kelly, ça arrive qu'une fille perde du poids à l'adolescence. Vous avez été très active, cet été.

— Je ne sais pas...

— Ça arrive aussi de maigrir et de se sentir toujours aussi gros. Mais il faut vous rendre à l'évidence, Kelly : vous êtes en bonne forme.

Kelly se tourna vers le miroir accroché au mur. Elle s'examina avec objectivité. Avait-elle réellement maigri à ce point ? Son short large et sa chemise ample la faisaient paraître plus forte qu'elle n'était. Douze kilos. Un vrai miracle !

— Vous savez, Kelly, vous devriez essayer les lentilles de contact. Il ne faut pas vous cacher derrière ces lunettes.

Kelly ouvrit des yeux ronds.

— Des lentilles ? Je n'y avais jamais pensé. Mais c'est cher, non ?

— Non, pas très. Et elles ne glisseront pas tout le temps sur votre nez, comme ces lunettes. Vous devriez y penser.

— Peut-être.

Des lentilles ? Pourquoi pas ? Elle avait de l'argent à la banque. Et si sa tante désapprouvait... Et alors ?

Elle pouvait dépenser son argent comme bon lui semblait.

Mme Sikes consulta sa montre.

— Oh, il faut que j'y aille. C'est à moi de faire le dîner ce soir. Je vous verrai demain, à la première heure.

— Oui, madame.

— N'oubliez pas, vous êtes de permanence.

— Je ferai de mon mieux.

— Tout se passera bien, répondit Mme Sikes en se dirigeant vers la porte.

— Madame Sikes ?

— Oui, Kelly ?

— Merci pour tout.

— Je vous en prie. Et n'oubliez pas ce que je vous ai dit, pour les lentilles. Je crois que ça devrait vous plaire.

— Oui, madame.

Mme Sikes sortit en hâte de la salle.

Kelly se regarda de nouveau dans la glace.

— Des lentilles ?

Elle retira ses lunettes et s'approcha pour s'examiner. Est-ce que cela changerait vraiment quelque chose ? Elle détestait ces affreuses lunettes achetées par sa tante. Son visage était-il plus mince ? Avait-elle vraiment perdu douze kilos ? Comment avait-elle pu changer autant, en l'espace de trois mois seulement ?

Elle effleura ses cheveux. Ils étaient épais et soyeux, ils lui arrivaient aux épaules maintenant. Les vitamines avaient fait de l'effet. Elle ne s'était jamais sentie aussi bien.

— Ça va, tu es belle, poupée. Mais il faut laisser

les hommes travailler, maintenant. Hé, tu m'entends ?

Kelly se retourna vivement vers le malotru. Elle ne distinguait pas clairement son visage mais elle avait reconnu la voix. Il s'avançait vers elle, l'air sûr de lui, comme d'habitude. Kelly ne l'avait pas vu de tout l'été.

— Cette partie de la salle est réservée à l'équipe de foot. L'entraîneur m'a permis de venir le soir parce que je suis en retard dans mon entraînement. J'ai dû aller aux cours d'été.

« A cause de moi ! » pensa Kelly.

Qu'allait faire Jeremy maintenant qu'il l'avait coincée ? Ruminait-il encore l'incident du centre commercial ? Allait-il se venger ?

— Et puis je suis parti avec mes parents. Ils... Eh, dis donc !

Il n'était plus qu'à quelques pas. Kelly était dos au miroir. D'où avait-il surgi ? L'avait-il guettée ? Elle qui pensait être délivrée de tous ses ennuis !

— D'où tu viens, toi ? lui demanda Jeremy, en la détaillant de la tête aux pieds.

— Quoi ? fit-elle en rougissant.

Jeremy se rapprocha d'elle.

— Tu es nouvelle ?

— Non...

Il prit appui sur la glace et se pencha vers elle.

— Alors, comment ça se fait que je ne t'aie encore jamais vue ?

Il la regardait droit dans les yeux.

— Mais tu m'as déjà vue.

Jeremy gloussa.

— Pas possible. Je m'en souviendrais. Personne t'a jamais dit que t'étais une chouette nana ?

Kelly voulut s'écarter mais il se planta devant elle.

— Laisse-moi passer, Jeremy.

— Eh, tu sais comment je m'appelle ?

— Bon, la plaisanterie a assez duré, reprit Kelly. Tu ne te rappelles pas notre sortie ? On est allés manger une pizza à Tremont.

— Tu me fais marcher, ou quoi ?

Kelly chaussa ses lunettes.

— Alors, ça ne te dit rien ?

Le visage de Jeremy changea d'expression, passant de la surprise à l'effroi.

— Kelly ? Kelly Langdon ? Waouh... t'étais plutôt un vrai... euh, je veux dire... qu'est-ce qui t'est arrivé ?

Elle rassembla tout son courage et le repoussa puis se dirigea vers la porte.

— Va te faire voir, Jeremy.

Elle jeta un coup d'œil en arrière pour s'assurer qu'il ne la suivait pas.

— Kelly ! Qu'est-ce que tu dirais d'une petite balade, rien que nous deux ?

« Pas de danger, pensa-t-elle, c'est pas demain la veille ! »

— Mais tu es belle, Kelly. Je t'assure, c'est vrai !

Quel sale type ! Pourquoi se moquait-il d'elle ainsi ?

— Je suis amoureux ! cria-t-il, la main sur le cœur.

— Ouais, murmura Kelly, amoureux de toi-même !

6

Kelly ne rentra pas directement chez elle. Elle flâna dans Rockbury Lane, vers le parc. Elle se rappelait vaguement le jour où Jeremy l'avait effrayée en la suivant en voiture. Cela semblait si loin, dans une autre vie.

Les choses avaient bien changé.

Mais que ressentait-elle devant ces changements ?

Elle tourna dans Middle Road, vers le centre-ville. Une joyeuse animation régnait dans Port City en cette splendide fin d'après-midi. Du parc parvenaient des bribes de musique : un orchestre répétait pour une représentation de *My Fair Lady*. Le trottoir était envahi par la foule qui se hâtait vers le spectacle.

Kelly marchait à contre-courant, en direction de Congress Street. Elle s'arrêta devant la vitrine d'un opticien. Une affiche vantait des lentilles de contact pour cent dollars, examen de la vue inclus. Et si elle suivait le conseil de Mme Sikes ?

Elle retira ses lunettes et plissa les yeux devant son reflet dans la vitrine. Jeremy l'avait-il vraiment prise pour une nouvelle ? Ou était-ce encore un trait de son humour tordu ?

« Je vais réfléchir », se dit-elle en rajustant ses lunettes. Et elle s'éloigna vers Market Square. Dans une vitrine, elle remarqua des vêtements de la nouvelle collection d'automne.

Douze kilos.

Quelle taille faisait-elle maintenant ? Un trente-huit ? Avant, elle faisait du quarante-quatre. Il lui fallait de nouveaux vêtements pour la rentrée. Et cette fois, elle n'irait sûrement pas dans une boutique d'occasion.

A Market Square, elle s'arrêta pour acheter un sandwich à la dinde et au pain complet et une petite salade. Elle s'assit sur un banc et se mit à manger, tout en réfléchissant. Malgré son incertitude, elle se sentait transportée.

Douze kilos.

Elle n'était plus grosse.

Comment ne s'en était-elle pas aperçue ?

Elle se leva, courut le long de Pleasant Street, pénétra dans le parc par l'entrée nord. Elle continua sa course jusqu'à Pitney Docks et atteignit sa maison délabrée.

Elle s'arrêta sur les marches du perron et contempla la porte ouverte. Son rêve lui revint dans un flash. Mais Kelly n'avait plus peur. Elle entendit le carillon de l'église sonner six heures. Sa tante devait être rentrée.

Elle poussa la porte.

— Tante Doris ?

— Dans la cuisine !

Kelly trouva sa tante attablée, en train de picorer dans une boîte en polystyrène.

— Je t'ai rapporté du poisson frit et des frites, annonça-t-elle à Kelly.

Kelly avait renoncé à la friture depuis le début de son régime. Mais pour éviter de vexer sa tante, elle inventa une excuse.

— Merci, tante Doris. Je vais le mettre au frigo pour plus tard. Je n'ai pas faim pour l'instant.

Elle pourrait jeter le tout à la poubelle. Tante Doris leva les yeux sur elle.

— Tu ne manges jamais rien de ce que j'apporte. Il reste une boîte entière de beignets.

Kelly haussa les épaules et détourna le regard.

— J'ai changé mon alimentation. Je fais de l'exercice. J'ai perdu douze kilos.

Sa tante la regarda d'un air morne.

— Ah ?

Elle continua de manger, sans proférer un mot d'encouragement à sa nièce. Elle n'était pas vraiment méchante, seulement indifférente. Elles n'avaient jamais été proches, toutes les deux, mais à présent, elles vivaient comme deux étrangères dans la même maison. Kelly était moins dépendante de sa tante, maintenant qu'elle avait un peu d'argent. Et tante Doris ne semblait pas s'en soucier tant que Kelly lui fichait la paix.

— Il y a une lettre pour toi, marmonna Doris Hendricks. Je crois que c'est de Rachel. Elle est arrivée aujourd'hui.

Kelly prit sur la table une enveloppe de couleur pêche. Le cachet indiquait « Sebago, Maine ». Rachel était partie voir son père au début du mois de juillet. Elle manquait beaucoup à Kelly.

— Je monte, annonça Kelly.

— Tu ferais mieux de manger quelque chose.

A croire que sa tante voulait absolument qu'elle regrossisse !

— Je verrai plus tard.

— Comme tu veux.

Kelly quitta la cuisine et monta quatre à quatre dans sa chambre. Elle s'assit sur le lit et déchira l'enveloppe. Rachel écrivait toujours des lettres intéressantes. C'était la troisième depuis son départ de Port City.

Chère Kelly,

Barbant, barbant, barbant. A moins d'aimer les vers luisants. Mon père adore la pêche, comme je t'ai dit. J'ai fini par attraper une truite. Il était très fier de moi. Mais moi, je m'en fichais...

Kelly éclata de rire en s'imaginant Rachel aux prises avec une truite visqueuse.

J'ai reçu une lettre de Marshall. Il est toujours dans l'Indiana. Il en pince sacrément pour toi et il pense qu'il a des chances de sortir avec toi cette année. Ne sois pas trop dure avec lui.

« J'essaierai », pensa Kelly.

Papa m'a bien eue, dimanche. Il s'est trouvé une nouvelle petite amie et elle est vraiment moche. Je la déteste.

« Oui, mais au moins tu as un père. »

Je serai à la maison le samedi d'avant la fête du Travail. Attends-moi au bus vers quatre heures. Sois à l'heure ! Amitiés.

Rachel.

Kelly relut la lettre. Son amie lui manquait. Kelly n'avait personne à qui parler, à part elle.

Que dirait Rachel en voyant que Kelly avait maigri ?

Elle replia la lettre et la rangea dans le tiroir de sa coiffeuse. Puis elle prit une petite boîte à bijoux et en sortit la bague en or de l'école. Elle la glissa à son doigt et l'admira. Elle ne l'avait pas encore portée de crainte de l'abîmer ou de la perdre.

Elle décida de garder la bague à son doigt pour la nuit. Après tout, pourquoi pas ? Elle referma le tiroir et ses lunettes glissèrent le long de son nez. Elle les retira vivement.

— Suffit ! C'est décidé !

Mais, pour voir, elle fut obligée de les remettre. Elle tendit l'oreille : sa tante était toujours en bas. Kelly ouvrit la porte et se glissa dans le couloir, vers le téléphone. Elle composa le numéro des renseignements.

— Pouvez-vous me donner le numéro du Centre d'optique de Port City ?

Il était temps de changer. Elle n'était plus une grosse gourde. Elle composa le numéro en espérant que c'était encore ouvert. Au bout de quatre sonneries, on décrocha.

— Centre d'optique de Port City, à votre service.

— Je voudrais un rendez-vous, dit Kelly en souriant.

— Pour des lunettes ?

— Non, pour des lentilles de contact.

Quand Rachel aperçut l'écriteau qui annonçait Port City, elle poussa un soupir et s'adossa à son siège. Elle avait l'impression d'avoir quitté la ville depuis une éternité.

Cet été dans le Maine lui avait paru interminable. Pas d'amis, rien d'autre à faire que pêcher et subir la présence de cette idiote de petite amie de son père. C'était pire que les cours de vacances. Rachel n'acceptait pas la séparation de ses parents. Mais elle n'y pouvait rien. Elle ne pouvait que raconter à Kelly toutes les choses horribles qui lui étaient arrivées pendant ces vacances.

Enfin à la maison ! L'école recommençait dans quatre jours. Elle aurait dû être impatiente de se retrouver en terminale et pourtant elle se sentait pleine d'appréhension. Ça allait probablement être la même chanson : les ringards du club d'informatique dévorant des yeux ceux qui s'amusaient.

Le bus s'arrêta dans Market Square, devant la banque. Rachel attrapa son sac de voyage et se fraya un chemin dans l'allée. Elle espérait que Kelly serait là. Elles avaient tant de choses à se dire.

Plus encore que Rachel ne l'imaginait...

Kelly se tenait devant la papeterie Averill, où l'on pouvait aussi acheter des billets de bus. Elle observait les passagers qui descendaient et guettait son amie qui apparut la dernière. Kelly lui sourit et agita la main mais Rachel ne sembla pas la remarquer.

Elle avançait droit sur Kelly, sac à l'épaule. Elle s'arrêta pile devant elle et posa son sac par terre. Elle tournait la tête à droite et à gauche, comme si elle cherchait quelqu'un.

— Rachel ! Par ici !

Rachel se tourna. Elle dévisagea la fille mince, aux longs cheveux et aux grands yeux noisette, qui l'avait interpellée. Kelly portait son uniforme de travail, un short moulant et une impeccable chemise de golf.

— Rachel ? Ça va pas ? Pourquoi tu me regardes comme ça ?

Rachel fronça les sourcils.

— Je suis censée vous connaître ?

— Rachel ! Mais c'est moi, Kelly ! Tu ne me reconnais pas ?

Rachel ouvrit des yeux comme des soucoupes.

— Kelly !

Kelly éclata de rire.

— J'ai un peu changé depuis ton départ.

— Tu l'as dit ! s'exclama Rachel sans quitter son amie des yeux. Et tes lunettes ?

Kelly haussa les épaules.

— Je porte des lentilles. Depuis jeudi dernier. C'est pas mal.

— Et tes cheveux !

— Je les ai laissés pousser, expliqua Kelly. Et j'ai maigri de douze kilos. Pas croyable, hein ? Jeremy ne m'a pas reconnue, l'autre jour.

Rachel secoua lentement la tête.

— Waouh... tu avais déjà un peu maigri avant mon départ mais, regarde-moi ça ! tu es d'une minceur !

Kelly eut un sourire modeste.

— Je n'irais pas jusque-là.

— Et tu portes ta bague !

Kelly remua les doigts.

— Oui, je me suis décidée. L'école recommence mardi.

Rachel émit un bref sifflement.

— Génial ! Les garçons vont se jeter sur toi ! Je pourrai avoir les restes ?

— Arrête ! protesta Kelly d'un ton joyeux. Les garçons ne risquent pas de se jeter sur moi.

— Tu paries ? répliqua Rachel en prenant son sac. Allons-y. Je dois voir maman.

Kelly fouilla dans la poche de son short.

— J'ai le minibus de l'école. Mme Sikes me l'a

prêté pour que je te raccompagne chez toi. Elle est super.

Rachel était encore abasourdie par le changement qui s'était opéré chez son amie.

— Kelly, tu as tellement changé. Tu es... tu es belle.

— Ne dis pas de bêtises !

Mais Kelly devait admettre que le compliment, venant d'une amie, lui faisait plaisir. Elle pouvait faire confiance à Rachel pour dire ce qu'elle pensait. Et l'expression de surprise sincère ne quittait pas le mince visage de Rachel.

Elles grimpèrent dans le minibus. Kelly pouvait en disposer jusqu'à la fin de la journée. Elle était libre d'aller où elle voulait à condition de rapporter le véhicule à sept heures.

Kelly se dirigea vers Middle Road où elle bifurqua vers Pitney Docks. Rachel hocha de nouveau la tête.

— Je n'arrive toujours pas à y croire, Kelly. Je pense que c'est les lentilles. Tu sais, tu as vraiment de beaux yeux.

— Et tu veux savoir la meilleure ? J'ai économisé mille neuf cents dollars.

— Pas possible !

— Je touche même des intérêts.

Rachel regarda droit devant elle.

— Mille neuf cents dollars. Bon, alors on n'a pas le choix.

— Qu'est-ce que...

Rachel se tourna vers son amie, avec un large sourire.

— Dès que j'ai dit coucou à ma mère, on va faire du shopping !

— Mets un peu plus d'eye-liner, conseilla Rachel. Ouais, comme ça ! Maintenant le mascara.

Kelly s'examina dans le miroir de la coiffeuse de Rachel. C'était le jour de la fête du Travail. Vandaway rouvrait ses portes le lendemain. Kelly était en train de sortir tout ce qu'elles avaient acheté pendant ce week-end de soldes. Elle essayait le maquillage chez Rachel car elle ne voulait pas que sa tante la surprenne ainsi.

Kelly se brossa les cils avec le mascara.

— Tu crois que ça va ? Tu sais, je suis pas le genre Liza Brown. Le maquillage, c'est pas ma vie.

— C'est très bien. Mets-toi un peu plus de blush. Avec le gros pinceau, sur les pommettes.

Kelly rajouta un peu de couleur. Elle n'aimait pas le maquillage trop voyant. Elle désirait seulement s'arranger un peu. Rachel hocha la tête.

— Waouh ! Ça ne m'étonne pas que Jeremy t'ait prise pour une autre. C'est vraiment magique.

Kelly reposa le pinceau.

— Allez, on arrête.

Rachel jeta d'un coup d'œil par-dessus l'épaule de son amie.

— Bon, secoue la tête.

— Quoi ?

— Oui, secoue la tête comme les top models. Pour être un peu décoiffée. Tu vas voir, ça va être super !

Kelly obéit avec réticence. Lorsqu'elle se regarda à nouveau, elle ne reconnut pas la fille qui la fixait. Elle était vraiment ravissante.

— Mets-toi debout, pour voir l'effet d'ensemble.

Kelly se leva et tourna lentement sur elle-même. Elle portait un jean délavé moulant, un débardeur blanc, des perles de porcelaine autour du cou et des boots vernies noires à talons. Elle sourit en apercevant son reflet dans la glace en pied accrochée à la porte.

— Mince ! C'est vraiment moi, ça ?

— On dirait Cindy Crawford, répondit Rachel, enthousiaste.

Kelly s'examina sur toutes les coutures. Une sensation de bien-être l'envahit tandis qu'elle admirait sa nouvelle silhouette. Elle vibrait de tout son corps : le vilain petit canard s'était transformé en une belle jeune fille de seize ans.

— Liza va en crever de jalousie ! lança Rachel.

Un sourire vengeur apparut sur les lèvres pleines de Kelly.

— Tu crois ?

Rachel ne quittait pas le miroir des yeux.

— J'en suis sûre. Demain, tu seras la plus jolie de toutes les terminales.

Kelly ne protesta pas. Pourquoi jouerait-elle la comédie ? Elle en avait assez bavé pour devenir ce qu'elle était. Peut-être serait-elle la nouvelle coqueluche de Vandaway ?

Rachel fronça les sourcils.

— Oh oh...

— Quoi ? interrogea Kelly.

— Je me demande ce que va dire ta tante quand elle va te voir comme ça.

La gorge de Kelly se serra. Jusque-là, tante Doris n'avait fait aucune remarque, à part les réflexions habituelles sur la nourriture. Comment allait-elle réagir devant le nouveau look de sa nièce ?

Kelly était décidée à ne pas se laisser faire. Après tout, c'était avec son argent qu'elle s'était acheté ses nouveaux vêtements et le maquillage. Elle pouvait s'habiller comme ça lui chantait. C'était son droit.

Mais elle ne pouvait s'empêcher d'être inquiète. En rentrant ce soir-là, elle montra sa nouvelle tenue à tante Doris. Elle s'attendait au pire. Mais celle-ci se contenta de hocher la tête et continua de vaquer à ses occupations, comme si de rien n'était.

7

Le lendemain matin, Kelly quitta la maison une demi-heure plus tôt que d'habitude et s'élança en courant pour rejoindre Rachel. Elles étaient toutes deux excitées par la perspective de la rentrée scolaire. Elles marchaient d'un pas vif, gonflées d'espoir, comme deux débutantes allant à leur premier bal.

— Je me demande si on va me remarquer, fit Kelly.

— Fais-moi confiance, on va te remarquer, répondit Rachel en hochant vigoureusement la tête.

Kelly était ravissante dans son débardeur blanc et son jean délavé. Ses boots à talons la faisaient paraître plus grande. Ses cheveux châtains brillaient au doux soleil de septembre et les lentilles de contact donnaient à ses yeux noisette des reflets dorés. Si Rachel n'avait pas été aussi contente pour son amie, elle aurait pu en ressentir de l'envie.

— Je ne suis pas trop maquillée ? interrogea Kelly.
— Non, c'est parfait comme ça. Ne t'en fais pas, ça ira très bien.

En traversant le parc, Kelly essaya de chasser l'appréhension qui lui nouait l'estomac. Elle n'était pas sûre de pouvoir jouer son nouveau rôle de façon convaincante. Elle s'était sentie bien durant l'été mais, à présent, ce n'était plus pareil. Il fallait affronter les autres. Comment allaient-ils réagir devant sa transformation ?

Arrivée au bout du parc, Kelly s'arrêta et prit une profonde inspiration.

— Je ne sais pas si je pourrai, Rachel.
— Kelly, ne sois pas si angoissée !
— Et s'ils se moquent de moi, comme avant ?
— Ils ne se moqueront pas, je te le promets.

Brusquement, Kelly se sentit grosse de nouveau. Elle était bien placée pour connaître la cruauté de ses camarades. Elle avait subi leurs sarcasmes pendant des années. Et si tout cela recommençait ?

— Allez, insista Rachel. Tout va très bien se passer.
— Tu as raison, admit Kelly avec un soupir. On ne peut pas manquer l'école.

Elles traversèrent Middle Road et se dirigèrent vers Rockbury Lane. Le lycée se profilait au bout de la rue. Kelly ne se sentait pas elle-même. C'était presque comme si elle avait endossé la personnalité d'une autre. L'ancienne Kelly était grosse, mal dans sa peau, mais au moins elle lui était familière. Et si elle ne pouvait s'adapter à son nouveau personnage ?

Kelly allait faire part de ses doutes à son amie quand un coup de klaxon les fit sursauter. Une voiture bourrée de garçons les dépassa lentement. Deux d'entre eux, penchés à la vitre arrière, regardaient Kelly bouche bée.

— Eh, vise un peu le canon !

— Salut, beauté !

— Hé, la belle, tu me files un rencard ?

Mais Kelly et Rachel les ignorèrent et la voiture s'éloigna en rugissant vers le parking.

— Tu vois, dit Rachel. On va te remarquer. Tu n'es même pas encore arrivée à l'école et tu fais déjà un malheur.

— C'était *à moi, à moi*, qu'ils s'adressaient !

Un large sourire s'épanouit sur ses lèvres rouges : les doutes commençaient à se dissiper.

Les garçons s'étaient montrés grossiers, presque odieux, mais leur attitude avait rassuré Kelly. Elle commençait à se rendre compte du pouvoir de la beauté, une expérience nouvelle pour elle.

Dès qu'elle pénétra sur le campus, on se retourna sur son passage. Les garçons posaient un regard admiratif sur cette grande fille mince dont les longs cheveux dansaient à chaque pas. Les filles jetaient des regards envieux à l'éclatante beauté qui allait sûrement détourner l'attention de leurs petits amis. Elle surprit quelques commentaires.

— Mais qui ça peut bien être ?

— Je ne sais pas mais je la déteste déjà.

— Waouh, le super canon !

— Hé, la regarde pas comme ça !

— J'y peux rien. Hé, beauté !...

Rachel arborait un sourire triomphant.

— Tu vois, je te l'avais bien dit, souffla-t-elle à Kelly.

Elles avancèrent vers l'entrée. Elles aperçurent

alors Liza Brown et Jeremy Rice qui se tenaient devant les portes en verre. Kelly se mit à rougir. Elle perçut l'éclair de jalousie qui étincela dans le regard hautain de Liza quand Jeremy lui fit un clin d'œil en souriant.

— Oh, oh... problème... murmura Rachel.

Kelly s'attendait que Liza lance une pique quelconque mais, pour une fois, la fille blonde resta muette et se contenta de lever le nez en grimaçant. Jeremy, l'air énamouré, ne quittait pas Kelly des yeux.

— Salut, Kelly ! Salut, Rhonda !

Liza lui décocha un coup de coude dans l'estomac qui le fit grogner de douleur. Ils commencèrent à se disputer. Kelly se demanda si Liza avait toujours l'intention de se venger de l'incident de juin dernier.

Elles pénétrèrent dans l'école et Rachel éclata de rire.

— Je peux pas le croire ! Tu lui as cloué le bec !

Quelle douce victoire ! Kelly se sentit presque soulevée de terre. Tandis qu'elles déambulaient dans le hall à la recherche de leur salle de cours, un groupe commença à se former autour de Kelly. Ils voulaient tous faire sa connaissance, même les copains de Liza. Tout le monde voulait voir la « nouvelle », la super minette, la déesse aux grands yeux.

Qui était-elle ?

D'où venait-elle ?

Comment se faisait-il qu'on ne l'ait pas vue avant ?

Dans le remue-ménage qu'avait provoqué la popularité toute neuve de Kelly, Rachel s'était trouvée brutalement écartée, mise de côté. Elle observait la marée d'admirateurs qui la séparait de Kelly.

— Salut, Rachel ! Waouh ! Qui c'est, la nouvelle ?

Marshall avait surgi aux côtés de Rachel. Comme tout le monde, il dévorait Kelly des yeux. Il était rentré de vacances à la dernière minute et ignorait encore que la grenouille Kelly s'était transformée en princesse.

— Salut, Marshall, répondit Rachel avec un soupir.

— Qui c'est, cette fille ? Dis donc, elle est vraiment mignonne !

— C'est Kelly, répondit Rachel en jetant au garçon un regard en biais.

— Kelly Langdon ?

— Si tu ne me crois pas...

— Pas possible ! Qu'est-ce qui lui est arrivé ?

— Elle a changé pendant l'été. Elle a maigri, elle a gagné de l'argent, elle s'est acheté des fringues.

— Et ses lunettes ?

— Elle a des lentilles.

— Je n'ai plus aucune chance avec elle, maintenant, constata Marshall en secouant la tête.

Rachel fut tout à coup submergée par une crainte et une tristesse inexplicables. Kelly était réfléchie et pondérée, à l'opposé de certains de leurs camarades de classe si superficiels. Et voilà qu'elle se retrouvait au centre de tout ce qu'elle avait toujours détesté.

— Je n'ai jamais vu quelqu'un changer aussi vite, remarqua Marshall.

Rachel poussa un gros soupir.

— Je sais, Marshall, je sais. Espérons qu'on n'aura pas à le regretter.

Kelly, assise sur son lit, examinait son ravissant visage dans un miroir qu'elle tenait à la main. Sa rentrée à Vandaway avait été un triomphe. Le passé s'était évanoui et, avec lui, la grosse fille godiche dont tout le monde se moquait. A sa place trônait une étourdissante beauté aux yeux noisette. Pour la première fois de sa vie, Kelly était portée par la vague grisante de la popularité.

Son premier jour de classe avait été fantastique, un vrai conte de fées. Elle avait fait la connaissance d'un tas de filles et de garçons qui, avant, ne lui avaient jamais accordé le moindre regard. Maintenant, ils voulaient tous être ses amis. Kelly se rendait bien compte qu'ils étaient, pour la plupart, attirés seulement par l'intérêt que lui manifestaient les autres lycéens populaires. C'était, semblait-il, la rançon du succès.

Elle lâcha le miroir et s'adossa à ses oreillers. Quelle journée! Elle s'en repassait le film dans sa tête, encore et encore. C'était merveilleux, ce qui lui arrivait!

Liza Brown était mortellement jalouse de la nouvelle image qu'offrait Kelly : elle se trouvait reléguée au deuxième rang. A la fin de la journée, des rumeurs couraient déjà que Kelly avait toutes les chances de battre Liza à l'élection de la reine du lycée. Était-ce vraiment possible?

Et Jeremy Rice! Il avait multiplié les tentatives pour se rapprocher de Kelly. Il l'avait suivie dans le hall, l'avait dévorée des yeux pendant le cours d'histoire. Il avait même essayé de s'asseoir à côté d'elle à l'heure du déjeuner, jusqu'à ce que Liza intervienne et le renvoie à une autre table. L'idée que Jeremy soit fou d'elle ne déplaisait pas à Kelly. En tout cas, il semblait vraiment amoureux.

Mais elle ne manquait pas de choix. Les garçons n'avaient pas arrêté de bourdonner autour d'elle comme un essaim d'abeilles autour d'une fleur. Kelly se moquait de la plupart d'entre eux, surtout les grossiers et les frimeurs comme Jeremy. Elle n'était pas non plus attirée par le genre froid et tranquille. Et, même si les choses s'étaient précipitées pour Kelly, elle n'était pas encore prête à quitter la Terre pour les espaces interstellaires.

Parmi tous les garçons qui lui avaient tourné autour durant cette première journée, elle avait remarqué Brad Edwards, un élève de terminale timide, mignon, intelligent, capitaine de l'équipe de natation et excellent élève. Malgré ses beaux yeux bleus, ses épais cheveux blonds et sa carrure impressionnante, Brad n'était pas l'athlète type. Il ne semblait pas uniquement préoccupé de sa petite personne comme Jeremy et les autres membres de l'équipe de foot. Brad était modeste et bûcheur. Il s'était montré très gentil avec Kelly pendant le cours de chimie mais il ne lui avait pas proposé de rendez-vous, à sa grande déception. Elle espérait que Brad lui demanderait de sortir avec lui. Sinon, c'est elle qui s'en chargerait. Après tout, ce n'était pas déplacé de la part d'une fille si le garçon lui plaisait vraiment.

— Kelly, je peux entrer?

C'était sa tante qui frappait à la porte.

— Bien sûr, entre, tante Doris.

Doris Hendricks entrouvrit la porte et jeta un coup d'œil dans la chambre.

— Bonjour, chérie! Tu veux manger quelque

chose ? En rentrant, j'ai pris des hamburgers et des frites.

— Non, merci, répondit Kelly en secouant la tête. Je n'ai pas faim.

— Kelly, il faut que tu manges, insista sa tante en fronçant les sourcils. Si tu commences à sauter des repas, ça peut être dangereux, tu sais. Tu n'as jamais entendu parler de l'anorexie ?

— Je ne suis pas anorexique, rétorqua Kelly en haussant les épaules. Ne t'en fais pas, tante Doris, je me préparerai une salade plus tard.

— Bon, mais n'attends pas trop. Il est presque six heures et demie.

— Mais ça va, tante Doris, je t'assure.

Sa tante s'attardait sur le seuil.

— Alors, comment s'est passé ce premier jour de classe ?

— Super ! J'adore tous mes cours. Et je me suis fait plein de nouveaux amis.

— Ah ? Eh bien, je suis contente pour toi. Parfois, j'aimerais bien avoir plus d'amis. Ce n'est pas facile de se faire de nouvelles relations quand on vieillit.

Kelly avait repris son miroir.

— Hon-hon...

— Tu es sûre que tu ne veux rien manger ?

— Tante Doris, fit Kelly avec un soupir d'impatience, je t'ai déjà dit que je ne voulais plus de ces trucs pleins de graisse que tu rapportes à la maison. Je n'ai pas envie de regrossir.

Le visage las de Doris prit une expression vexée.

— Oh ! bon ! désolée d'avoir offensé Son Altesse. Je n'avais pas compris que je n'étais plus assez bien pour toi, maintenant que tu es devenue une princesse.

Elle tourna les talons d'un air fâché. Kelly bondit de son lit.

— Attends, tante Doris.

Sa tante se retourna, la larme à l'œil.

— Je... Excuse-moi, balbutia Kelly. Je ne voulais pas te contrarier. C'est seulement que... c'est la première fois depuis longtemps que je suis heureuse. Je n'ai pas envie de redevenir ce que j'étais avant. Je t'en prie, essaie de comprendre. Je ne voulais pas te faire de peine.

— C'est pas grave, fit sa tante avec un faible sourire. Je comprends. C'est seulement que je n'ai pas envie de te perdre, Kelly. Tu es la seule famille qui me reste. La mort de ta mère m'a touchée aussi, tu sais. Quand je te regarde, maintenant, j'ai l'impression de voir Lilah. Tu es son portrait craché, depuis que tu as maigri.

Kelly entoura les épaules de sa tante.

— Tu ne vas pas me perdre.

— Je sais, dit Doris en hochant la tête. Mais je ne veux pas que tout ce truc te monte à la tête. Tu sais à quel point c'est important pour toi de continuer à travailler. Je n'ai pas les moyens de te payer l'université et la bourse est ta seule chance. Ce serait dommage de tout gâcher si près du but.

Kelly embrassa sa tante.

— Ne t'en fais pas. Je ne vais rien gâcher du tout. J'allais me mettre au travail quand tu as frappé. Je ne te laisserai pas tomber, je te le promets.

— Tu as toujours été gentille, Kelly. Je veux que tu te sentes libre mais je n'aimerais pas que tu te mettes à changer. Je sais, je n'ai pas toujours été facile mais j'ai essayé de faire ce que je crois que ta mère aurait voulu. J'espère...

La sonnerie du téléphone vint interrompre ces minutes d'attendrissement. Kelly s'élança.

— Je le prends.

C'était peut-être Brad qui l'appelait pour lui demander un rendez-vous.

— Oh ! salut, Rachel !

— Salut, Kelly. Je t'ai attendue après les cours. Je pensais qu'on rentrerait ensemble. Je t'ai cherchée mais je ne t'ai vue nulle part.

— Excuse-moi, dit Kelly, sincèrement navrée. J'ai bavardé avec Brad Edwards après le cours de chimie. Je l'ai accompagné jusqu'à la piscine. Rachel, il est trop adorable, tu ne peux pas savoir.

Rachel éclata de rire et se mit à piailler, jubilante.

— Brad Edwards ! Adorable, c'est faible ! Il est *trop* mignon !

— Tu n'as pas besoin de me le dire.

— Tu vas sortir avec lui ?

— J'espère, répondit Kelly en soupirant. Il ne me l'a pas encore demandé. C'est le genre timide. Ça me plaît. Il est pas frimeur comme certains.

— Oh ! ça serait cool qu'il te demande de l'accompagner à la fête pour la rentrée, vendredi, dit Rachel d'une voix rêveuse.

— Il va le faire, assura Kelly en croisant les doigts.

— Hé, tu ne veux pas venir travailler chez moi ? Tu pourras me raconter.

Kelly réfléchit quelques secondes.

— J'aimerais bien mais je ne peux pas. J'ai beaucoup de boulot. Et je dois nettoyer mes lentilles et préparer mes vêtements pour demain.

Rachel hésita un moment.

— Oh! je vois... Maintenant que tu es la fille la plus populaire de Vandaway...

— Mais non, c'est pas ça! protesta Kelly. Et pourquoi tu ne viendrais pas, toi?

— Je suis désolée. Je peux pas. Je dois garder mon petit cousin. Il n'a que trois ans.

— Ouf! J'ai cru que tu étais fâchée, dit Kelly en riant. Tu n'es pas fâchée, hein?

— Non, excuse-moi encore. A demain.

— On fera le chemin ensemble. A plus.

Kelly raccrocha et retourna dans sa chambre, oubliant presque aussitôt la réflexion de Rachel. Elle avait beaucoup à faire si elle voulait continuer à entretenir son nouveau look.

Elle mit ses lentilles à tremper dans une solution spéciale et sortit ses vêtements pour le lendemain. Puis elle s'assit sur son lit et prit son livre de chimie. Elle se surprit alors à penser à Brad. Il était si beau, il avait l'air si gentil! Elle s'imagina en train de l'embrasser.

« Non, se dit-elle, je dois travailler. Tante Doris a raison, pour la bourse. »

Elle ouvrit son livre et, soudain, quelque chose voleta devant ses yeux et atterrit sur son couvre-lit. C'était un bout de papier. Les yeux de Kelly se fixèrent sur l'unique mot que contenait le message : *Imbécile!*

Kelly effleura l'encre insolite, une espèce de peinture brun-rouge.

Du sang séché?

Kelly froissa le papier et le lança dans la corbeille. Le message sanglant n'était probablement qu'une farce de Liza Brown ou d'une de ses semblables crevant de jalousie. Elle n'allait pas se gâcher la vie pour ça. Maintenant qu'elle avait du succès, elle devait s'attendre à subir les mesquineries des envieux qui avaient moins de chance qu'elle.

Kelly ne se laisserait pas déstabiliser.

On ne lui arracherait pas son bonheur tout neuf.

Elle baissa les yeux sur son livre et aperçut son miroir. Elle le reprit et examina son visage lisse, tout en se demandant s'il existait d'autres moyens pour être encore plus belle.

8

Après le dernier cours, ce vendredi-là, Rachel et Marshall attendaient Kelly devant l'école. Ils devaient lui parler des élections au club d'informatique. Marshall pensait que l'élection de Kelly au poste de présidente ne faisait pas un pli, maintenant qu'elle était devenue si populaire. Qui pouvait rivaliser avec l'étoile montante de Vandaway?

— Tu la vois? demanda Marshall d'un ton légèrement hostile.

— Non, répondit Rachel en secouant la tête. Elle a accompagné Brad jusqu'à la piscine toute la semaine. Elle ne devrait plus tarder.

Marshall soupira et balaya la foule clairsemée des lycéens d'un regard morne.

— Je me demande ce qu'elle lui trouve, à ce type.

— Sois un peu réaliste. Il est mignon *et* gentil.

— Je ne l'aime pas, maugréa Marshall.

Il n'avait plus aucune chance avec Kelly, maintenant. Il avait mis tant d'espoir dans cette année de terminale, persuadé que leur amour allait s'épanouir. Mais Kelly l'avait carrément laissé tomber. Il n'était même pas sûr de pouvoir rester son ami.

Rachel luttait contre sa rancune envers Kelly. Une amie véritable devait se réjouir de voir les rêves de l'autre se réaliser. N'était-ce pas cela que désiraient secrètement tous les gamins mal aimés : avoir du succès, du jour au lendemain ? C'était arrivé à Kelly en moins d'une semaine. A part pendant leur trajet du matin, elles se voyaient très peu. Mais Rachel se refusait à être amère : ce n'était pas dans sa nature.

— La voilà ! annonça Marshall en désignant Kelly du doigt.

Rachel se mordit la lèvre. Son cœur se mit à battre. Quelque chose n'allait pas. Et si Kelly n'avait plus envie d'être leur amie ?

— On ne devrait peut-être pas la déranger, suggéra Rachel.

Marshall fit la grimace et jeta un regard furieux en direction de Kelly.

— Non, il faut lui donner sa chance, à cette reine de bazar. On doit lui demander. Elle fait toujours partie du club.

« J'espère seulement que ça l'intéresse encore », pensa Rachel.

Ils allèrent à sa rencontre. Rachel était nerveuse. C'était presque comme s'ils devaient aborder une étrangère, une de ces filles populaires qui ne les avaient pas regardés une seule fois en trois ans de lycée.

— Salut ! dit Kelly. J'ai accompagné Brad à son entraînement de natation.

Marshall prit une profonde inspiration et se raidit. Il se sentait terriblement mal à l'aise. Kelly l'avait lâché pour un type bien. Jamais il ne sortirait avec elle. Jamais !

— Il ne m'a toujours rien demandé, pour la fête de vendredi, dit Kelly à Rachel. Mais je sais qu'il va le faire.

— On s'en fiche ! lança Marshall, venimeux. On a quelque chose à te demander. Est-ce que tu veux être présidente du club d'informatique ?

La question brutale déconcerta Kelly.

— Euh... je n'y avais pas vraiment pensé. C'est quand, les élections ?

Marshall allait répondre mais Rachel lui donna un coup de coude dans les côtes.

— Ouille... Pourquoi tu me fais ça ?

Rachel l'ignora et adressa un sourire à Kelly.

— On est le comité exécutif. On doit se réunir. Ce soir, ça te va ?

— Je ne peux pas, dit Kelly en secouant la tête. Je vais avec Brad au match de foot.

— Mais tu détestes le foot, grogna Marshall.

Rachel, elle aussi, détestait le football mais elle savait qu'elle irait quand même à un match si c'était avec un garçon comme Brad. Elle irait n'importe où avec lui. Délaissée comme elle l'était, Rachel ne pouvait en vouloir à Kelly de préférer son petit ami au club d'informatique. Kelly fronça les sourcils.

— Ça va, Rachel ?

Ce fut Marshall qui se chargea de répondre.

— Non, ça va pas, Kelly. Tu as changé. Tu oublies tes vrais amis, ceux qui t'ont été fidèles durant toutes ces années.

— Ce n'est pas juste! riposta Kelly. Ce n'est pas parce que je ne suis pas amoureuse de toi, Marshall, que...

— Franchement, je me demande bien comment j'ai pu...

Rachel tenta de s'interposer.

— Allez, Marshall, arrête!

Marshall menaça Kelly du doigt.

— A partir de maintenant, tu ne fais plus partie du club. Je te flanque dehors.

— Tant mieux, rétorqua Kelly. De toute façon, c'est un club de demeurés.

Rachel tressaillit sous l'injure, son cœur se serra.

— Kelly, je t'en prie...

Le visage de Marshall virait au pourpre. Il en avait le souffle coupé. Il tourna les talons et s'enfuit en courant. Kelly fut immédiatement prise de remords.

— Marshall! cria-t-elle.

Rachel lui posa la main sur le bras.

— T'en fais pas, Kelly. Il va se calmer. Il faut lui laisser le temps d'avaler tout ça.

— Je suis allée trop loin?

— Oui, mais il l'a bien cherché.

Kelly jeta un coup d'œil de biais à son amie.

— Toi aussi, tu penses que j'ai changé? Tu crois que j'ai la grosse tête?

Rachel baissa le menton.

— Eh bien, tu as changé, Kelly. Mais...

— Ah ! alors tu penses comme Marshall ? fit Kelly, les yeux ronds.

— Non, ce n'est pas ce que je...

Kelly s'écarta.

— Bon, d'accord. Si tu ne veux plus être amie avec moi, je survivrai. J'ai plein d'amis, maintenant, des amis qui m'acceptent comme je suis.

— Kelly !

— Au revoir, Rachel. Tu peux aller au lycée avec quelqu'un d'autre, lundi.

— Mais je ne pense pas que tu as la grosse tête ! protesta Rachel.

C'était trop tard. Kelly ne l'écoutait plus. Elle se dirigeait vers Rockbury Lane.

— Oh non ! gémit Rachel.

Elle venait de perdre sa meilleure amie pour un stupide malentendu. C'était horrible. Mais ce n'était rien à côté de ce qui se préparait.

Kelly se doutait que Brad et elle s'acheminaient vers leur premier baiser. Ça devait arriver. La soirée avait été trop parfaite pour que cela n'arrive pas.

Il était venu la chercher à l'heure dite, avait bavardé un peu avec tante Doris qui avait paru charmée. Il avait l'air d'un garçon sain dans son sweat à lettres blanches et sa chemise rouge de l'équipe de natation. Kelly était ravissante avec son jean et son pull noirs. Tante Doris fit remarquer qu'ils formaient un beau couple.

Dans la voiture, Brad se détendit un peu. Il s'excusa sur l'âge de sa Honda Civic bleue, qui avait presque dix ans. Mais Kelly se fichait bien de la voiture. Elle était heureuse d'être avec lui, même si c'était pour assister à un match de foot.

Kelly n'accorda pas grande attention aux performances de Jeremy Rice, la star du stade. Vandaway battit à plates coutures Elliot High par 47 à 10. Elle était trop occupée à se blottir contre Brad, profitant de tous les buts marqués par Vandaway pour se serrer contre lui. Elle constatait, à son expression, qu'il n'était pas indifférent. Était-il trop timide pour exprimer ses sentiments ?

Après le match, ils allèrent faire une balade en voiture le long de la côte. Brad proposa une halte à la pointe du Phare, pour admirer le spectacle du faisceau lumineux balayant la mer obscure.

Kelly hésita un peu puis finit par accepter. Elle devait faire confiance à Brad. Du reste, elle avait envie qu'il l'embrasse. Et elle savait qu'il était trop sérieux pour essayer d'aller plus loin.

Brad gara la voiture dans le parking désert. La promenade était ouverte jusqu'à minuit. Brad et Kelly grimpèrent les marches jusqu'au poste d'observation, au-dessus des rochers. Ils restèrent ainsi, éclairés par le faisceau tournoyant du phare. Un petit vent vif leur apportait l'air salé de la mer. Les vagues se fracassaient sur les rochers sombres. Kelly se rapprocha de Brad et lui enlaça la taille. Il la tenait fermement contre lui.

Il baissa les yeux sur elle.

— Tu veux marcher sur la plage ?

« Embrasse-moi ! » pensait Kelly.

— La mer n'est pas un peu agitée ?... demanda-t-elle.

Le pinceau lumineux du phare les balaya de nouveau. Kelly vit le beau visage tout près du sien. Elle ne put y tenir : elle l'attira à elle et l'embrassa jusqu'à ce que le rayon revienne les illuminer.

Kelly s'écarta, à bout de souffle. Brad baissa la tête et l'embrassa à son tour en la pressant contre lui. Elle lui rendit son baiser puis le repoussa doucement.

— Kelly ?

Elle lui posa la main sur la poitrine.

— Doucement, Brad. Tu sais, je ne suis pas du genre rapide.

Il parut déçu mais il hocha la tête gentiment.

— Bien sûr, Kelly... C'est seulement... C'était bien. Un autre baiser ?

Elle lui effleura le visage.

— Je crois qu'on peut.

Ils s'embrassèrent tandis que les vagues s'écrasaient sur les rochers, juste en dessous d'eux. Quand ils se séparèrent enfin, Kelly se sentit soudainement d'humeur aventureuse. Elle avait envie d'aller sur la plage et de sentir les embruns sur son visage. Brad la prit par la main.

— Viens.

Ils descendirent vers la plage. La marée était haute, il ne restait qu'une petite frange de sable pour marcher. La mer rugissait, toute proche, c'était un début tumultueux pour leur histoire d'amour.

— Il va falloir rentrer, dit enfin Brad. Il est presque onze heures et demie.

— Je m'en fiche, répondit Kelly.

— Mais ta tante ?

Kelly eut beau protester, Brad ne céda pas. Si tante Doris était furieuse qu'ils rentrent si tard, elle pourrait leur interdire de sortir ensemble. Et Brad ne supportait pas l'idée de ne plus voir Kelly. Elle l'embrassa. Il eut peine à trouver la force de l'entraîner vers les marches. En se dépêchant, ils seraient de retour avant minuit.

Parvenue au bas des marches, Kelly leva les yeux vers la plate-forme d'observation. A ce moment précis, le phare illumina la rambarde. Kelly sursauta et recula. Brad leva les yeux à son tour.

— Qu'est-ce qu'il y a ?

— Je... j'ai vu quelqu'un, murmura Kelly. Là, dans la lumière.

Le faisceau revint balayer la plate-forme. Kelly entrevit la silhouette dans le rayon fantomatique. Un homme se tenait en haut des marches et les observait.

— Tu l'as vu ? demanda Kelly.

— Je crois que j'en ai vu deux, répondit Brad en hochant la tête.

Kelly porta une main à sa gorge.

— Deux ?

Soudain, l'air lui parut froid et humide. Elle se mit à trembler. Brad s'éloigna.

— Où vas-tu ? cria-t-elle.

Brad pointa le doigt.

— Je vais jeter un coup d'œil là-haut. Je reviens te chercher.

— Non ! protesta-t-elle en gravissant une marche derrière lui. Je t'en prie, ne me laisse pas ici toute seule !

Brad lui donna un baiser sur la joue.

— Tout va bien. Avec moi, il ne t'arrivera rien. Reste là une minute.

Brad monta vers la plate-forme en se tenant à la rampe. Kelly voulut le suivre mais elle était comme paralysée. Son corps était tout engourdi : elle n'était pas assez couverte pour une nuit de septembre à la plage.

— Brad !

Mais il ne l'entendait pas. Elle constatait sa progression à chaque passage du rayon lumineux. Il montait sans hâte et avec assurance. Kelly scruta la plate-forme inondée de lumière blanche. Elle était certaine d'avoir vu quelqu'un près de la rambarde. Ils n'auraient jamais dû venir sur cette plage.

— Brad !

Il était parvenu en haut des marches. Kelly gardait les yeux fixés sur la rambarde. Quand la lumière revint, Brad avait disparu !

Au bout d'un moment, elle décida d'aller à sa recherche. Quelque chose d'horrible s'était passé. Elle le savait. Il attendait là-haut qu'elle vienne à son secours.

En s'agrippant à la rampe, elle commença à gravir l'escalier avec précaution. Les marches étaient glissantes. C'était le seul accès à la route, si on ne voulait pas escalader les rochers. Il fallait traverser la plate-forme pour redescendre de l'autre côté, vers le parking. En atteignant la dernière marche, Kelly revit en un éclair le cauchemar qu'elle avait eu avant son anniversaire. Une fois sur la plate-forme, elle chercha l'autre escalier des yeux. Le rayon du phare balaya l'espace. Personne pour lui barrer le chemin. La plate-forme était déserte. Et si les sombres silhouettes n'avaient été que des jeux de lumière ?

— Brad ?

Elle avança d'un pas. Peut-être Brad était-il allé vérifier la voiture? Mais l'aurait-il laissée seule si longtemps?

Elle atteignait l'autre escalier quand le pinceau lumineux éclaira la forme d'un homme juste devant elle. Kelly se figea. L'homme s'avança vers elle.

— Brad!

Elle pivota, glissa et chancela contre la rambarde. L'homme fit un geste vers elle, elle se sentit basculer et parvint à s'agripper à la rampe humide. Une main se referma sur son poignet. Si Kelly lâchait prise, elle tomberait sur les rochers. Même si la chute n'était pas mortelle, elle pouvait se casser un bras ou une jambe. Mais si sa tête heurtait la roche...

— Kelly, c'est moi!

L'homme la prit par l'avant-bras.

— Kelly, laisse-moi te tirer!

Elle leva les yeux et aperçut le visage de Brad illuminé par le rayon du phare.

— Brad! Au secours!

Brad tint bon et parvint à la hisser par-dessus la rambarde. Kelly atterrit sur la plate-forme avec un bruit sourd. Brad la releva et l'enveloppa de ses bras.

— Qu'est-ce qui t'a pris? demanda-t-il.

— Je... je croyais que tu étais blessé, bredouilla-t-elle à travers ses larmes. Je... oh! Brad, mais où étais-tu passé?

Brad caressait les cheveux humides de Kelly.

— J'ai cru voir quelqu'un près de la voiture. Je suis allé jeter un coup d'œil. Je te croyais en sécurité.

Kelly s'assit toute droite.

— Tu as vu quelqu'un?

— Je crois qu'il y avait une autre voiture, fit Brad

en hochant la tête. J'ai seulement vu un éclair rouge...

— Jeremy ! s'écria Kelly. Ça ne peut être que lui. Il a une voiture rouge.

— J'ai seulement vu un éclair rouge, répéta Brad. Ça pouvait être des feux arrière, une voiture qui faisait demi-tour sur la route.

— Filons d'ici, dit Kelly en frissonnant.

— Tu as raison.

Ils descendirent lentement vers la voiture. Là, une mauvaise surprise les attendait. Un des pneus avait été lacéré.

— Jeremy, répéta Kelly. Il n'a vraiment rien de mieux à faire que de me tourmenter ?

Brad alla chercher le cric et la roue de secours.

— Kelly, on n'en sait rien. Si tu...

Il s'interrompit au beau milieu de sa phrase en apercevant le mot peint en rouge sur le pare-brise arrière. Kelly devint enragée quand elle lut le mot à son tour. C'était le même que celui du message qu'elle avait reçu : *Imbécile !*

— Jeremy, murmura-t-elle. Je parie que c'est Liza qui l'a forcé à faire ça.

— Pourquoi ?

— Ils m'en veulent tous les deux, expliqua Kelly, avec un soupir.

— Je déteste ce genre de mena...

— Je sais, coupa Kelly. Moi aussi.

Brad commença à changer la roue.

— Je vais lui dire deux mots, à ce Jeremy.

— Non, je t'en prie. J'ai autant envie que toi de me venger mais laisse tomber.

Brad se redressa et s'essuya le front.

— Eh bien, je sais me battre. Je n'aime pas ça mais, des fois, les brutes dans le genre de Rice ont besoin d'une bonne raclée. C'est le seul moyen de leur faire comprendre.

Kelly fut surprise et ravie de découvrir ce nouvel aspect du caractère de Brad. Elle lui posa les mains sur les épaules. Et avant qu'il ait pu ajouter un mot, elle l'embrassa.

Cette fois, ce fut Brad qui se dégagea le premier.

— Kelly...

Elle fronça les sourcils, s'attendant au pire.

— Quoi ?

— Tu veux pas m'accompagner à la fête de vendredi ?

— Si, bien sûr.

— Et... (Il hésita puis il prit une profonde inspiration.) Tu ne veux pas porter ma bague ?

Kelly oublia d'un coup tout ce qui venait de se passer. Il lui demandait d'être sa petite amie. Elle ne s'attendait pas que ça arrive dès leur premier rendez-vous.

— Tu me plais beaucoup, poursuivit Brad. J'ai peur qu'un autre...

Elle lui posa les doigts sur les lèvres.

— Plus un mot. Oui, j'irai avec toi à la soirée. Et je réfléchirai, pour la bague. D'accord ?

— Quand est-ce que tu me donneras ta réponse ?

— Vendredi, à la fête, fit-elle en souriant.

Il fallait bien un peu de suspense, même si elle était presque sûre d'accepter, pour la bague.

— Et qu'est-ce que tu dirais d'un autre baiser ? demanda Brad avec un sourire.

Kelly désigna la voiture.

— Et qu'est-ce que tu dirais de changer d'abord la roue ?

Brad prit un air boudeur.

— Alors, c'est fini pour ce soir, les baisers ?

— Oh ! je crois que tu as encore une chance quand on sera devant ma porte, riposta-t-elle en clignant de l'œil. Un baiser pour dire bonne nuit.

— Un baiser de copain, tu veux dire ?

Kelly le repoussa, la mine épanouie.

— Change la roue.

Malgré ce contretemps, Brad la ramena quelques minutes avant minuit. Tante Doris avait laissé la lumière du porche allumée. Kelly donna un baiser à Brad et se hâta de remonter l'allée. Elle souriait toujours en pénétrant dans la maison.

— Tante Doris ?

Pas de réponse. Sa tante était probablement déjà couchée et endormie. Kelly commençait à monter l'escalier quand l'horloge égrena les douze coups de minuit. La sonnerie du téléphone la fit sursauter. Qui pouvait bien appeler à cette heure-là ? Elle décrocha en espérant que la sonnerie n'avait pas réveillé sa tante.

— Allô ?

Il y eut un silence à l'autre bout du fil. Kelly percevait le souffle d'une respiration. Elle allait raccrocher quand une voix étrange vibra dans l'écouteur. Elle ne distingua pas clairement les mots.

— Allô ? répéta-t-elle.

— Petite imbécile !

A l'évidence l'interlocuteur essayait de déguiser sa voix.

— C'est toi, Jeremy ? Je vais appeler la police si tu n'arrêtes pas, menaça Kelly.

— Ce n'est pas Jeremy.

— Très drôle ! répliqua Kelly. Je sais que c'est toi, Jeremy. Brad n'a pas aimé que tu lui crèves son pneu.

— Imbécile !

— C'est le seul mot que tu connaisses ? s'enquit Kelly d'une voix pleine de défi. C'est vraiment bébé qui fait joujou. Je raccroche.

— Ma douce de seize ans...

— Laisse tomber, Jeremy. A moins que ce ne soit Liza ?

— Ce n'est pas Liza.

— Qui est-ce, alors ?

— Ma douce... tu ne verras jamais tes dix-sept ans.

Le rêve lui revint en un éclair : une autre voix étrange lui avait dit la même chose. Personne ne pouvait être au courant de ce cauchemar. Kelly n'en avait parlé à personne, pas même à Rachel. Ce n'était qu'une coïncidence.

— Y en a marre ! s'écria Kelly.

Elle raccrocha brutalement et débrancha le téléphone. Elle aurait la paix pour la nuit. Ils étaient vraiment débiles, ces deux-là ! Si seulement elle pouvait leur régler leur compte, une bonne fois pour toutes !

Kelly était au milieu de l'escalier quand elle aperçut sa tante sur le palier, enveloppée dans sa robe de chambre grise.

— J'ai entendu parler, dit tante Doris d'une voix ensommeillée. Et le téléphone a sonné.

— C'était un appel anonyme, répondit Kelly.

Tante Doris la regarda de travers.

— Tu as l'air effrayée.

Kelly secoua la tête et se rendit compte que ses mains tremblaient.

— Non, ça va. Je viens de rentrer. J'étais là avant minuit.

— Fais comme tu veux mais, moi, je vais me coucher.

Kelly se précipita dans sa chambre dont elle ferma la porte à clé. Elle se sentait inquiète et heureuse tout à la fois. Tout allait trop vite. Et si elle perdait tout ?

Pour rien au monde elle ne renoncerait à Brad. Ils devaient résister à la tempête. Jeremy et Liza finiraient bien par se lasser. Kelly attendrait. Son amour était assez fort pour surmonter tous les obstacles.

Alors qu'elle se couchait, la pluie se mit à tomber. Un vent violent soufflait sur Port City. Kelly se glissa sous sa couette en écoutant la pluie tambouriner contre les carreaux. Elle mit du temps à s'endormir. Elle rêva de mer déchaînée, de coups de téléphone horribles, et des baisers du plus adorable garçon qu'elle ait jamais connu.

9

Kelly ne revit pas Brad du week-end mais il lui téléphona samedi et dimanche. Ils passèrent des heures à bavarder, jusqu'à ce que tante Doris, sur l'autre poste, ordonne à Kelly de raccrocher. Celle-ci en fut terriblement gênée, bien que Brad ait paru comprendre. Il était vraiment génial ! Kelly était tentée d'accepter de porter sa bague et de devenir officiellement sa petite amie. Mais elle décida finalement de le faire patienter un peu et de profiter de leur affection naissante.

Ils s'étaient mis d'accord pour se retrouver sur le campus tôt le lundi matin. Elle brûlait d'impatience de le revoir. Elle partit pour l'école, ce matin-là, vêtue d'une veste en jean, d'un col roulé noir et d'un jean délavé. La température commençait à se rafraîchir et elle pouvait étrenner ses nouvelles tenues d'automne.

Kelly regarda droit devant elle en passant devant la maison de Rachel. Elles ne s'étaient pas parlé depuis leur dispute du vendredi précédent. Cela contrariait Kelly mais elle n'était pas prête à faire le premier pas et à se réconcilier avec son amie. Rachel était jalouse, tout simplement, comme Marshall. Maintenant qu'elle avait du succès, ils se permettaient de la juger. De quel droit ?

En atteignant le parc, Kelly se détendit. C'était un peu triste de faire le trajet toute seule. Mais elle allait voir Brad. Son Brad. Son premier petit ami. Rien ne pouvait ternir ce bonheur.

Elle croyait entendre Rachel : « Ne sois pas bête ! Accepte la bague avant qu'il change d'avis ! »

Non ! Elle avait promis de lui donner la réponse vendredi. Elle tiendrait sa promesse.

Elle sortit du parc et traversa Middle Road en direction de Rockbury Lane. Elle espérait que Brad serait déjà là, à l'attendre. S'il arrivait en avance, cela voudrait dire qu'il avait envie de la voir. Ils allaient devenir le couple le plus populaire du lycée en moins de deux, et prendre la place de Liza et de Jeremy, le duo diabolique.

Kelly hâta le pas. Elle était presque arrivée quand elle aperçut Brad planté au milieu de la chaussée. Mais il ne regardait pas dans sa direction. Il était nez à nez avec Jeremy. Ils étaient tous les deux blancs de colère.

— Allez-y ! cria quelqu'un.

— Non, murmura Kelly. Pas aujourd'hui.

Elle courut vers Brad mais il était trop tard. Kelly ne pouvait plus les arrêter. Ils étaient prêts à se battre.

Jeremy envoya le premier coup, un swing puissant de la droite qui sembla atteindre Brad en pleine figure. Celui-ci recula en chancelant. Jeremy s'élança, les poings en avant. Brad allait se faire massacrer.

— Arrêtez ! hurla Kelly. Arrêtez tout de suite !

Kelly entendit le rire hautain de Liza, assise à l'avant de la Buick rouge garée non loin de là. Une foule s'était massée pour assister au combat. La plupart semblaient encourager Jeremy qui avait déjà allongé quelques rudes coups. Mais Brad n'avait pas encore dit son dernier mot. Jeremy était trop sûr de lui. Il se démenait comme un fou, agitait les bras et négligeait de se protéger. Brusquement, le pied de Brad jaillit. On entendit un craquement et Jeremy poussa un cri aigu, se plia en deux, les mains sur la poitrine. Le coup de pied l'avait atteint dans les côtes. Il y eut un murmure de sympathie chez quelques spectateurs.

Jeremy avait un genou à terre et cherchait à reprendre son souffle.

— Tu m'as cassé les côtes, pleurnichait-il.

— Debout ! ordonna Brad. Qu'on en finisse. Tu ne joues plus les durs quand il y a du répondant, hein ?

Mais Jeremy n'était plus en état de continuer.

— J'ai mal, gémit-il.

Liza bondit de la Buick et se précipita à sa rescousse.

— Qu'est-ce que tu lui as fait, Brad ?

— J'ai riposté. Les petites brutes n'ont pas l'habitude qu'on leur réponde, hein, Jeremy ?

Kelly se fraya un passage à travers la foule des curieux et vint se placer aux côtés de Brad. Elle lui posa la main sur l'épaule.

— Ça va ?

— Ça va, répondit Brad en hochant la tête.

— Il fallait vraiment que tu te battes ?

— Je suis désolé, mais il l'a bien cherché.

Liza fusilla Brad du regard.

— Tu n'étais pas obligé de le blesser, Edwards !

Kelly la toisa et prit la défense de son champion.

— Oh ! la ferme, Liza ! On sait que c'est toi qui nous as crevé le pneu à la pointe du Phare.

— Tu vas avoir de sacrés ennuis, menaça Jeremy, si je ne peux pas jouer samedi...

— Tu parles ! C'est toi, le responsable, protesta Brad. Tu peux demander à n'importe qui : tout le monde est témoin que c'est toi qui as commencé.

— C'est vrai ! s'écria quelqu'un dans la foule. C'est Jeremy qui a commencé.

— C'est la faute de Rice, entièrement.

— C'est Jeremy qui a envoyé le premier coup.

La faveur des spectateurs s'était reportée sur le vainqueur. Soudain, une haute silhouette fendit la foule. C'était le proviseur adjoint, Harlan Kinsley. Il se dressa devant Jeremy qui était encore par terre puis il tourna la tête pour les dévisager un à un d'un air furieux. Il demanda ce qui s'était passé. Personne ne répondit.

— Vous feriez mieux de répondre, reprit Kinsley d'un air menaçant. Sinon je vous sanctionne !

Pas de réponse.

— Je ne peux pas me permettre d'être sanctionné, murmura Brad à Kelly. L'entraîneur va m'exclure de l'équipe de natation.

Kinsley se campa, les mains sur les hanches.

— Je ne plaisante pas. Ou vous me dites ce qui s'est passé ou je prends vos noms et...

— Demandez à Jeremy, intervint Kelly. Il vous dira...

— Espèce de petite... siffla Liza entre ses dents.

Kinsley baissa les yeux sur le garçon prostré.

— Qu'est-ce que c'est que cette histoire, Rice ? Qu'est-ce qui s'est passé ?

— Euh... je suis tombé, fit Jeremy qui cherchait toujours à reprendre son souffle.

— Tombé ? demanda Kinsley, incrédule. Il y en a du monde pour vous voir tomber !

— Il est vraiment tombé, intervint Liza. Par hasard.

Kinsley plissa les yeux d'un air sceptique.

— Vous êtes sûre ? Ça m'a tout l'air d'une bagarre, oui !

Jeremy se releva avec peine, en se tenant les côtes.

— Non, je vous jure, j'ai glissé et je suis tombé sur le rebord du trottoir. Brad a essayé de me relever.

« Il n'a pas envie d'avoir des ennuis, pensa Kelly. Il

y a trop de témoins pour affirmer que c'est lui qui a commencé. »

Kinsley poussa un soupir, sachant bien qu'ils mentaient mais dans l'incapacité de le prouver.

— Bon, ça va. Circulez, maintenant.

Les lycéens s'attardèrent un moment pour observer Jeremy. Peut-être Brad l'avait-il réellement blessé ? Les mal-aimés de l'école avaient tous eu, à un moment ou à un autre, à pâtir de l'attitude de Jeremy et de Liza, et ils étaient ravis que Jeremy ait reçu une correction de la part d'un type aussi sympa que Brad.

— J'ai dit : circulez ! ordonna Kinsley. Et Rice, venez avec moi à l'infirmerie. On va examiner un peu ces côtes.

— Oui, monsieur.

Jeremy suivit Kinsley, appuyé sur Liza qui décochait des regards meurtriers à Kelly. Celle-ci l'ignora. Peut-être Jeremy allait-il enfin les laisser tranquilles ?

Kelly passa son bras sous celui de Brad tandis que la foule se dispersait.

— Ça va ?

— Oui, il ne m'a pas vraiment touché.

— Tu as été génial ! s'exclama Kelly. Super génial !

— Ça ne m'arrive pas souvent mais il ne l'a pas volé !

— Comment ça a commencé ? demanda Kelly en fronçant les sourcils.

— Je ne sais pas. Je me dirigeais vers Rockbury Lane. J'allais à ta rencontre.

Kelly se sentit toute réjouie : ainsi, Brad avait eu hâte de la voir. Leur amour était aussi fort qu'elle l'avait espéré.

— Rice était dans la voiture avec Liza, poursuivit

Brad. J'ai fait semblant de ne pas les voir mais Jeremy me cherchait, apparemment. Il a dit quelque chose de moche sur toi, Kelly.

— Sur moi ? Qu'est-ce qu'il a dit, cet imbécile ?

— Je ne veux pas... fit Brad en rougissant, les yeux baissés.

— Allez, dis-moi !

— Il m'a demandé quel effet ça faisait de sortir avec une grosse.

Les yeux de Kelly s'étrécirent.

— Quel porc !

— Alors, je lui ai demandé si ça avait été amusant de crever mes pneus à la pointe du Phare. Bien sûr, il a nié. Puis il s'en est de nouveau pris à toi.

— Et alors ?

— Je ne te répéterai pas ce qu'il a dit. C'est trop nul.

— J'imagine.

— Alors Liza s'en est mêlée. Elle a sorti une vacherie et je lui ai dit de se barrer. C'est là qu'il a commencé à vouloir se battre.

Kelly l'enlaça par la taille, le serra contre elle en se persuadant que tout allait s'arranger.

— Les imbéciles ne savent jamais s'arrêter.

— Ne t'en fais pas, c'est fini.

« Pour le moment », pensa Kelly. Mais elle connaissait suffisamment Jeremy et Liza pour savoir qu'ils n'allaient pas s'en tenir là, surtout après cette défaite. Ils recommenceraient sous peu.

La cloche annonçant le début des cours retentit dans le campus.

— Allez, oublions tout ça, conclut Brad.

— Un petit baiser, ça aiderait ? fit Kelly en levant les yeux vers lui.

— Voilà ce qui s'appelle parler !

Leurs lèvres se joignirent en un innocent baiser qui réconforta Kelly. Après tout, les amoureux avaient toujours des obstacles à surmonter. Mais ils étaient comme Roméo et Juliette : rien ne pourrait se mettre en travers de leur route.

Brad aurait bien aimé un second baiser mais Kelly s'écarta.

— On va être en retard.

— Et alors ? dit Brad en haussant les épaules.

— Oh, toi !

Il l'accompagna jusqu'à sa classe et lui pressa la main avant de s'éloigner. Ils se verraient à l'heure du déjeuner et après le dernier cours. Kelly pensait même l'accompagner à la piscine et le regarder s'entraîner. Elle aurait voulu passer chaque minute avec lui et elle était sûre qu'il ressentait la même chose.

La classe bourdonnait des rumeurs de la bagarre. Tout le monde voulait savoir ce qui s'était passé mais Kelly ne répondit à aucune question et s'installa à son pupitre. Brad avait raison : il valait mieux oublier l'incident. Seulement, il y en avait qui ne seraient pas du même avis.

Le haut-parleur grésilla. Kelly s'adossa à sa chaise, attendant les annonces habituelles. Mais elle eut une mauvaise surprise.

— Kelly Langdon, convoquée immédiatement au bureau de Mlle Monica ! Kelly Langdon...

On murmura et tous les visages se tournèrent vers elle. Elle se leva, sortit de la classe et se dirigea, à travers le couloir désert, vers les bureaux du personnel administratif. Mlle Monica l'attendait.

Kelly se laissa tomber sur une chaise.

— Bonjour !

Mlle Monica la dévisagea, l'air indéchiffrable.

— Kelly, tout d'abord je tiens à vous dire à quel point je suis fière de vous. Je vous ai donné une chance et vous ne m'avez pas déçue. Vous avez plutôt changé depuis le mois de juin. Vous êtes devenue une ravissante jeune fille.

Kelly devint écarlate.

— J'ai beaucoup apprécié ce que vous avez fait pour moi, mademoiselle. Vous avez reçu ma carte de remerciements ?

Mlle Monica hocha la tête.

— C'était très gentil à vous. Mais venons-en au fait, Kelly. Que s'est-il passé ce matin entre Jeremy Rice et Brad Edwards ?

Kelly haussa les épaules et baissa la tête.

— Jeremy a glissé et il est tombé, c'est tout.

Mlle Monica se pencha sur son bureau.

— Kelly, ceci restera entre nous. Rien de ce que vous me direz ne sortira de cette pièce.

Mais Kelly fit un signe de dénégation, elle ne voulait pas céder. Elle ne pouvait trahir Brad. Si elle avouait la vérité, cela pouvait attirer à Brad de sérieux ennuis. Elle devait le protéger.

Mlle Monica soupira et s'adossa à sa chaise.

— Bon, vous pouvez y aller.

Kelly releva la tête.

— Vraiment ?

— Oui, mais n'oubliez pas, Kelly : je suis de votre côté. Si vous avez besoin d'aide, vous pouvez me faire confiance. Je n'aime pas les brutes. Si Jeremy vous ennuie, je peux peut-être faire quelque chose pour que ça cesse.

— Tout va bien, mademoiselle. Merci pour tout.

Et Kelly se hâta de quitter le bureau. Elle se retrouva nez à nez avec Jeremy et Liza qui attendaient devant l'infirmerie. Liza ricana et laissa tomber une gentillesse quelconque, et Jeremy fit la grimace. Il avait encore mal, apparemment.

Quels minables ! pensa Kelly.

Si seulement elle pouvait trouver le moyen de leur régler leur compte une bonne fois pour toutes, qu'ils lui fichent enfin la paix !

Non ! Elle ne devait pas nourrir de pensées de vengeance. Ça ne ferait que la rabaisser à leur niveau.

Elle n'allait pas se mettre à mijoter des plans pour passer à l'attaque. Pas maintenant.

Elle attendrait la fête de vendredi.

10

Des centaines de pieds martelaient le plancher du gymnase de Vandaway tandis que les corps se contorsionnaient en rythme, au son de la musique des Steelhead, un groupe de hard-rock. La soirée de rentrée était une fête à tout casser. Tout le monde avait retiré ses chaussures à l'entrée car les professeurs de gym ne voulaient pas qu'on abîme le sol du terrain de basket. Kelly s'amusait comme une folle.

C'était la première fois qu'elle allait à une fête et

elle avait peur de paraître ridicule sur la piste de danse. Au début, elle avait trouvé difficile de danser en chaussettes. Brad l'avait rattrapée une ou deux fois, de justesse, avant qu'elle ne tombe.

Il était merveilleux, compréhensif, comme toujours. Il lui avait conseillé de faire comme les autres, en inventant quelques mouvements de temps à autre. L'important, c'était de suivre le rythme.

Kelly se concentra sur la basse, se laissa envahir par la musique et suivit Brad, qui était bon danseur. Elle fit de rapides progrès. Bien sûr, c'était plus facile avec les slows puisqu'elle n'avait qu'à mettre ses bras autour du cou de Brad. Elle se sentait en sécurité, tout contre lui, protégée.

Kelly eut bientôt envie de faire une pause. Brad la conduisit à la table des rafraîchissements où servaient Rachel et Marshall. Ils se faisaient un peu d'argent pour le club d'informatique en travaillant au buffet ce soir-là.

Dès qu'elle aperçut Rachel, Kelly regretta le malentendu qui les avait séparées. Était-il trop tard pour redresser la situation ? Kelly essaya de faire passer dans son regard un message muet mais Rachel fit celle qui ne voyait rien et se concentra sur le remplissage des bols de punch.

Marshall fut un peu plus direct. Il braqua un regard furibond sur Brad, comme s'il voulait se battre, mais celui-ci ne parut pas le remarquer. Il saisit deux verres de punch et en tendit un à Kelly.

— Merci, dit-elle d'un air morne, en évitant de regarder ses anciens amis.

— Ça va ? lui demanda Brad, avec un clin d'œil.

Kelly soupira. Elle devait parler à Rachel. Leur

amitié ne pouvait pas se briser si stupidement. Elles étaient amies depuis l'école primaire.

Kelly rencontra le regard inquiet de Brad.

— Euh... je peux rester seule avec Rachel une minute ?

Brad haussa les épaules.

— Bien sûr. Le groupe fait la pause. Je vais dans les coulisses voir mon copain Paul. C'est le batteur.

Il l'embrassa sur la joue et s'éloigna. Kelly se tourna vers Rachel.

— On peut parler ?

Rachel lui rendit son regard, sans répondre. Marshall, quant à lui, n'avait pas perdu sa langue.

— Oh ! mais ce ne serait pas mademoiselle Kelly, la reine de l'univers ? Et elle daigne nous parler !

— Marshall, tu te trompes.

— On n'a pas besoin de ta pitié ni de ta charité, continua Marshall, tout rouge. Maintenant que ça marche pour toi, tu te trouves trop bien pour tes anciens amis. Tu...

— Oh, la ferme, Marshall !

C'était Rachel qui intervenait. Marshall pivota et la fixa, les yeux ronds.

— Ne me dis pas que tu es de son côté !

Rachel le poussa vers l'autre bout de la table.

— On n'a plus de biscuits. Va en chercher.

Marshall hésita un moment, foudroya Kelly du regard : il l'avait tant aimée, pendant si longtemps ! Il l'avait aimée quand elle n'était qu'une grosse fille délaissée. Pourquoi n'était-elle pas sa petite amie ? Il serra les poings et se détourna en bougonnant.

— Désolée, dit Rachel. Marshall n'a pas sa langue dans sa poche.

— Non, c'est moi qui suis désolée, répondit Kelly en secouant la tête. Je me suis fâchée l'autre jour. Excuse-moi.

Rachel contemplait le bol de punch.

— Ça fait rien. Brad et toi, vous avez l'air *very* heureux !

— Merci. Il m'a demandé de sortir avec lui.

Le visage de Rachel rayonna.

— Pas possible ! Qu'est-ce que tu lui as répondu ?

— Je dois lui donner ma réponse ce soir.

Rachel se pencha au-dessus de la table, bouche bée.

— T'es pas un peu cinglée ? Mets la bague maintenant, avant qu'il change d'avis.

Kelly éclata de rire. Rachel fit la grimace et se mit à glousser. Elles étaient de nouveau amies, c'était comme si on leur avait enlevé un grand poids de la poitrine.

— Je t'appelle demain ?

— D'acc.

— Dis à Marshall que...

Rachel l'interrompit d'un signe de la main.

— Ne t'en fais pas pour lui. Il se calmera. Je vais lui parler.

— Tu crois que j'ai été trop dure avec lui ?

— Il est jaloux, c'est tout. T'en fais pas. Amuse-toi bien. Si j'étais avec un type comme Brad, je ne resterais pas là plantée derrière un bol de punch.

— Tu es super, Rachel. A demain.

Kelly, radieuse, se mit à la recherche de Brad. Elle avait retrouvé sa meilleure amie qui lui avait terriblement manqué, beaucoup plus qu'elle ne l'avait admis. Ça allait être génial de pouvoir de nouveau tout partager, même s'il fallait cependant mettre une sourdine pour ne pas susciter l'envie de Rachel.

Brad était introuvable. La scène était vide, il devait être dans les coulisses, en train de bavarder avec son ami. Kelly découvrit une petite porte et, après s'être assurée que M. Kinsley n'était pas dans les parages, se faufila dans un couloir obscur.

Des voix assourdies lui parvenaient dans le noir. Elle avança à tâtons le long du mur en brique. Elle crut reconnaître la voix de Brad.

— Brad ? Brad, tu es là ?

Les voix se turent. L'avaient-ils entendue ? Kelly continua d'avancer. Tout était silencieux.

— Brad ?

Des pas résonnèrent dans le couloir. Quelqu'un marchait derrière elle. Elle respira profondément et fit volte-face.

— Brad ?

— Oui, bébé ?

Elle fit un pas en avant.

— Brad, ouf ! Tu...

Mais il ne s'agissait pas de Brad.

Tout à coup, la silhouette bondit comme une bête fauve. Kelly sentit des mains l'agripper aux épaules et la pousser brutalement contre le mur. Un visage se pencha sur elle, qu'elle reconnut dans la semi-obscurité.

— Toi ! dit Kelly.

Jeremy Rice lui fit un large sourire tout en la maintenant fermement.

— Qu'est-ce que tu fabriques ici, chérie ?

Kelly se tortilla, dos au mur.

— Lâche-moi ou je crie.

— Eh, doucement !

— Je ne plaisante pas, protesta Kelly. Brad est là. Tu veux un petit rappel de l'épisode de l'autre jour ?

Jeremy se recula légèrement.

— Il ne m'a pas fait mal. Je joue le match demain. Un petit bleu, c'est tout.

— Dommage ! lança Kelly.

Elle tenta de se dégager.

— Je pensais qu'on pourrait aller faire un tour à la piscine. Piquer une petite tête. A poil.

Kelly sourit. Sa peur s'était évanouie. Une idée bizarre commença à germer dans son cerveau. Il lui en avait trop fait voir. Il était grand temps de lui rendre la monnaie de sa pièce. Ça serait une blague inoffensive mais humiliante.

Elle leva les yeux d'un air innocent, feignant l'intérêt.

— Tu veux dire, aller dans la piscine à cette heure-ci ?

Jeremy bomba le torse et se rengorgea comme un coq vaniteux.

— Ouais, je peux y aller quand je veux.

— Et Liza ?

— T'en fais pas, répondit Jeremy en haussant les épaules. C'est fini avec elle. Tu me plais vraiment, Kelly. Je te préfère à Liza.

— La piscine, hein ? Et à poil ?

Jeremy se pressa contre elle.

— Ça t'intéresse ?

— Peut-être, fit Kelly en souriant. Si tu arrives à entrer, bien sûr.

Il la prit par la main.

— Viens. Je vais te montrer.

Les tempes battantes, Kelly le suivit dans l'obscurité. Et si Brad les apercevait ?

Ils quittèrent le gymnase par une porte de secours et se retrouvèrent dans l'air frais de la nuit. Kelly était vêtue de son ensemble en jean et de son col roulé noir. Elle sentait le sol froid à travers ses chaussettes. Jeremy était lui aussi sans chaussures. Il portait une veste de lin marron de coupe large. Il était plutôt élégant, avec sa chemise de luxe et son pantalon kaki. Ce qu'elle avait prévu pour lui n'en serait que plus drôle !

Ils approchaient du bâtiment sombre. Jeremy la guida vers une porte sur le côté. Ils firent halte. Kelly jeta un coup d'œil inquiet alentour, espérant que personne ne les avait aperçus ensemble. Elle ne voulait pas que Brad sache ce qu'elle allait faire, du moins pour le moment. C'était une affaire entre Jeremy et elle.

— Tu es sûr que tu peux nous faire entrer ?

Jeremy eut un rire suffisant.

— Pas de prob. Attends-moi là.

Et il disparut en abandonnant Kelly dans le noir. Et si c'était une autre des bonnes blagues de Jeremy ? Elle entendit la porte grincer et s'ouvrir. Jeremy se tenait sur le seuil.

— Ça y est ! Grouille, avant qu'on nous voie !

Kelly lui emboîta le pas. Seule une petite lumière brillait à l'autre bout de la piscine olympique. Jeremy la précéda au bord du bassin.

— A poil ! dit-il en commençant à enlever sa veste.

Kelly fit la grimace.

— Je ne sais pas. L'eau a l'air super froide. On va se geler.

— Mais non, c'est chauffé, rétorqua-t-il en jetant sa veste sur le carrelage.

Kelly poursuivit sa comédie.

— J'aimerais mieux m'en assurer.

Jeremy fit un geste vers l'eau qui luisait d'un étrange éclat verdâtre.

— Après toi.

Elle s'approcha et lui posa la main sur l'épaule.

— Euh... je ne peux pas me pencher, avec mon jean étroit. Et si tu te mettais un peu d'eau sur les lèvres... Je t'embrasserais et comme ça je pourrais me rendre compte si c'est assez chaud...

Jeremy sourit. Ça marchait !

— Je savais que tu étais un drôle de numéro ! remarqua-t-il en se penchant, les lèvres entrouvertes.

Kelly lui effleura le menton pour l'arrêter.

— Mets-toi de l'eau d'abord. Et on... oh ! je n'ose pas le dire !

Jeremy fit une courbette.

— Vos désirs sont des ordres, beauté. Et une bouche mouillée, une !

Il avait mordu à l'hameçon. Il s'agenouilla sur le rebord du bassin, tendit le bras pour puiser de l'eau. Il tournait le dos à Kelly ; une position extrêmement vulnérable.

— Va faire trempette ! cria-t-elle en le faisant basculer dans la piscine d'un coup de pied.

Il remonta à la surface en battant des mains. Kelly ramassa la veste et la brandit au-dessus de sa tête.

— Pas la veste ! supplia Jeremy.

Elle la lança dans l'eau. Il poussa un cri aigu et repêcha sa précieuse veste dégoulinante. Il nagea jusqu'au petit bain et se tint là, près des marches.

— Sale garce ! cria-t-il.

Kelly le foudroya du regard.

— Tu l'as bien cherché !

— C'est pas encore fini ? Tout ça pour quelques plaisanteries et une malheureuse pizza ?

— Et les coups de téléphone anonymes ? Et le message ?

— Je ne sais pas de quoi tu parles, je te le jure !

— Et le pneu crevé à la pointe du Phare ?

Il joua les innocents.

— Je ne comprends rien. Je n'ai jamais crevé de pneu !

— Menteur !

— Kelly, écoute-moi, s'il te plaît...

Elle brandit un doigt menaçant.

— Toi, écoute-moi, Jeremy. J'en ai plus que marre de tes jeux stupides. Maintenant, tu nous fiches la paix, à Brad et à moi ! O.K. ?

— Je n'ai jamais...

— Ou je raconte tout à Kinsley.

— Kelly...

— Mlle Monica t'a à l'œil. Elle m'appuiera, si je parle. Tu as pigé ?

Jeremy leva ses mains trempées.

— Je n'ai jamais...

— *Tu as pigé ?*

— D'accord, d'accord, fit-il en hochant la tête, j'arrête avec toi, espèce de cinglée ! Mais t'as pas intérêt à te trouver sur mon chemin !

— Pas de danger.

Kelly tourna les talons et se dirigea vers la sortie. Elle revint en toute hâte vers le gymnase. La porte de secours était fermée et elle dut passer par-devant.

Elle mit un moment avant de trouver Brad. Il ne lui demanda même pas où elle était passée.

Kelly respirait plus librement à l'idée de Jeremy barbotant dans l'eau. Il ne s'était pas attendu que sa conquête « romantique » riposte. Elle l'avait proprement douché.

Elle recommença à danser avec Brad. Il l'interrogea sur le pourquoi de son air heureux. Elle répondit qu'elle était heureuse d'être avec lui, tout simplement.

Elle se serra contre lui et posa la tête sur son épaule pendant un slow. Ils tournaient en parfaite harmonie, quand elle entendit soudain la voix de Liza qui couvrait la musique. Sa tête blonde surgit parmi les danseurs.

— Vous n'avez pas vu Jeremy ? demandait-elle à la ronde.

Liza se retrouva face à face avec Kelly et Brad. Elle détourna immédiatement le regard et s'éloigna.

Kelly poussa un soupir de satisfaction, elle était bien, blottie ainsi contre le corps ferme de Brad. Elle aurait seulement aimé voir la figure de Liza découvrant Jeremy trempé.

Après que Kelly eut quitté la piscine, Jeremy se lamenta sur son sort : ce qui ne l'empêcha pas de rire, debout dans le petit bain. Kelly l'avait bien eu ! Elle lui plaisait plus que jamais.

Il avança en titubant vers les marches, traînant derrière lui sa veste fichue. Une veste qui coûtait plus de cent dollars ! Il lui avait fallu tout l'été pour convaincre sa mère de la lui acheter.

Il s'assit au bord du bassin, les jambes ballantes. Il obtenait toujours ce qu'il désirait — excepté Kelly. Il n'en était toujours pas revenu ; comment un boudin à lunettes pouvait-il se transformer en canon, tout ça en quelques mois ?

« Peut-être qu'elle a fait un pacte avec le diable », se dit-il.

Il n'allait pas la lâcher, même avec ces menaces bidons suspendues au-dessus de sa tête. Qu'est-ce que c'était que cette histoire de coups de téléphone et de messages ? Il n'en avait aucune idée.

C'était peut-être Liza qui avait fait du zèle. Celle-là, quelle plaie, quelquefois ! Il se fichait bien d'elle, d'ailleurs. Rien à voir avec ce qu'il ressentait pour Kelly. Il restait avec Liza parce qu'elle s'y connaissait, pour distraire les garçons...

Jeremy soupira, dégoûté. Il fallait qu'il aille jusqu'à sa voiture. Il pouvait rentrer chez lui, se changer et revenir sans que personne se doute de ce qui s'était passé.

Naturellement, il devrait s'y prendre autrement pour approcher Kelly. Il n'avait pas l'intention de laisser tomber. Il devait absolument l'avoir.

Il entendit la porte de derrière s'ouvrir et se refermer, et il tourna la tête.

— Alors, tu es revenue ? dit-il en souriant. Bon, on va pouvoir nager pendant que mes habits sèchent. Si tu es sage, je te montrerai de nouveaux mouvements.

Une silhouette rampait derrière lui mais il ne la vit pas. Des mains blêmes étreignaient le manche d'un petit marteau.

— Jeremy, regarde-moi !

— Oui, beauté, dit-il en jetant un œil par-dessus son épaule. Je... oh ?!

Il était encore bouche bée quand le marteau le frappa violemment à la tempe. Le coup le fit basculer dans la piscine. Son corps se retourna et se mit à flotter sur le ventre tandis qu'un petit filet sanglant noircissait l'eau azur.

11

Avec ses lumières tamisées, l'atmosphère du gymnase était particulièrement romantique. Kelly et Brad tournaient lentement sur la piste de danse, sans se soucier de la musique, plutôt rapide, et leurs corps ne faisaient qu'un. Brad avait les yeux rivés à ceux de Kelly. Elle l'embrassait légèrement sur les lèvres. Ils étaient seuls au monde.

— Je t'aime, lui murmura-t-elle à l'oreille.

Brad se recula un peu.

— Je t'aime aussi mais...

Le visage lisse de Kelly se crispa.

— Mais quoi ?

Elle eut peur, tout à coup, qu'il lui dise quelque chose qui allait tout détruire. Il avait l'air sombre, presque désespéré.

— Tu ne m'as pas donné ta réponse.

Elle décida de le taquiner un peu.

— Ah oui ? Quelle réponse ?

— Kelly ! Je ne blague pas, protesta-t-il en fronçant les sourcils. Je t'ai demandé si tu voulais sortir sérieusement avec moi. Tu m'as dit que tu me donnerais ta réponse ce soir.

— Je sais.

Il mit les mains sur les hanches.

— Alors?

Kelly n'aurait jamais pu refuser. Elle n'avait aucun doute : ils étaient faits l'un pour l'autre. Le couple parfait. Elle lui adressa un clin d'œil.

— On continue à danser. Allez, prends-moi dans tes bras. J'ai envie d'être tout contre toi.

Brad l'enlaça.

— Kelly, je n'ai jamais ressenti ça avant. Je ne veux pas te perdre.

— Mais tu ne me perdras pas, Brad.

Il chercha son regard, fou d'espoir.

— Tu veux dire que...

Elle voulait s'entendre dire : « Oui, Brad, je veux bien sortir avec toi... » mais elle n'en eut pas le temps. Un cri perçant vibra dans l'air lourd du gymnase. L'orchestre s'interrompit. Une fille était en train de hurler. Tout le monde se retourna.

— Au secours! Au secours!

Brad se haussa sur la pointe des pieds pour essayer d'apercevoir quelque chose par-dessus les têtes des danseurs. On s'écarta pour laisser passer la fille en détresse. Brad reconnut la masse de cheveux blonds.

— Qui c'est? interrogea Kelly.

— Liza, répondit Brad. Elle a l'air complètement paumée.

Liza Brown fendit la foule des danseurs et se planta devant Brad et Kelly. De grandes traînées noires de mascara maculaient son visage empourpré. Elle tremblait de tout son corps.

— Au secours ! répétait-elle. Aidez-le !

Elle montrait du doigt le dôme de la piscine. Kelly sentit soudain ses jambes se dérober sous elle. Elle en faisait trop, cette Liza. Tout ça pour un petit plongeon. Elle jouait la comédie pour se venger de Kelly.

M. Kinsley fendit la foule qui s'était massée autour d'eux.

— Qu'est-ce qui se passe ici ?

Liza lui prit les mains.

— Je... Jeremy, balbutia-t-elle. Jeremy est mort !

Une rumeur sinistre s'éleva tandis que la nouvelle faisait le tour du gymnase.

M. Kinsley leva les bras.

— Du calme ! Que personne ne quitte la salle.

Il entraîna Liza vers une sortie de secours. Kelly était livide. Jeremy ne pouvait être mort. Quand elle l'avait quitté, il barbotait, avec de l'eau à mi-jambes. Il était on ne peut plus vivant. Comment était-ce possible ?

C'était encore une de leurs blagues. Ils se vengeaient de Kelly parce qu'elle avait poussé Jeremy dans la piscine. Mais là, ils dépassaient vraiment les bornes ! L'estomac noué, Kelly songea alors que ce n'était peut-être pas une blague.

— Ça va ? demanda Brad.

Elle hocha la tête d'un air absent.

— Oui, ça va.

Brad se mit à siffler.

— Mince ! Tu as vu sa tête ? Je ne l'ai jamais vue comme ça.

Une peur terrible paralysait Kelly. Et si elle avait causé la mort de Jeremy ? S'il avait glissé en arrière, s'il s'était cogné la tête et noyé ? N'était-ce pas sa faute, puisqu'elle l'avait poussé dans l'eau ? Le hurlement des sirènes de police attisa la curiosité de tous et accrut l'angoisse de Kelly. Cette attente la torturait.

Quelques minutes plus tard, M. Kinsley apparut sur la scène et s'empara du micro.

— Votre attention, s'il vous plaît. Kelly Langdon et Brad Edwards sont demandés à la piscine. Les autres, vous devez rentrer chez vous.

Brad dévisagea Kelly, abasourdi.

— Nous ?

— Viens, allons remettre nos chaussures, balbutia-t-elle, le souffle court.

Le commissaire Danridge s'assit sur une chaise recouverte de cuir et dévisagea les deux adolescents bouleversés. Avec son costume gris et ses chaussures étincelantes, Danridge avait tout du policier type, jeune, direct, accro du travail. Sur le lieu du crime — la piscine —, il ne leur avait pas dit un mot. Son regard d'acier allait de Brad à Kelly et les mettait mal à l'aise. Il s'adressa enfin à eux d'une manière amicale mais distante.

— Je vous ai fait venir ici car je voulais que vos parents soient là. Brad, les vôtres sont dans la salle d'attente. Kelly, je n'ai pas réussi à joindre votre tante. Vous savez où elle est ?

Kelly secoua la tête. Elle ne pouvait chasser l'image de Jeremy sur le brancard. On lui avait couvert le visage d'un drap blanc. Il était mort, pour de vrai. Cette fois, ce n'était pas une blague de Liza.

— Bon, venons-en à notre affaire, poursuivit Danridge. Brad, vous vous êtes battu, récemment, avec Jeremy, si je ne me trompe ? Vous lui avez donné un coup de pied dans les côtes.

Brad se redressa, prêt à dire la vérité.

— Oui, on s'est battus. C'est Jeremy qui a commencé. Je n'ai fait que me défendre.

— Pourquoi ne pas l'avoir dit à Kinsley ?

— Je ne voulais pas que Jeremy ait des ennuis, répondit Brad en soupirant. Il aurait été exclu de l'équipe de foot. Je pense que, maintenant, ça n'a plus d'importance.

Danridge scruta Brad d'un œil inquisiteur.

— Vous êtes sûr que ce n'est pas plutôt vous-même que vous cherchiez à protéger ?

— Je vous l'ai dit, c'est Jeremy qui a commencé. Je n'allais pas le laisser me mettre K.-O. Mais je n'avais pas l'intention de lui faire mal.

Danridge se tourna vers Kelly.

— Vous aussi, vous avez eu des ennuis avec Jeremy ?

Kelly se mit à trembler. Que pouvait-elle dire à Danridge ? Bien sûr, Jeremy avait été odieux avec elle mais à quoi bon en parler maintenant ? Cela ne servirait qu'à fournir un mobile trop évident.

— Kelly ?

Il fallait qu'elle dise quelque chose.

— Il avait l'habitude de se moquer de moi.

— Pourquoi ?

— Parce que je refusais de faire son travail. Et puis, je crois... qu'il avait un faible pour moi.

Brad effleura la main de Kelly.

— Elle est trop gentille, monsieur. Jeremy ne nous lâchait pas, ni l'un ni l'autre. Il m'a crevé un pneu à la pointe du Phare. Il envoyait des messages d'injures à Kelly et l'effrayait au téléphone.

— C'est vrai, Kelly ?

— Eh bien, oui. Mais on avait décidé de l'ignorer. Alors, il a voulu se battre avec Brad. Moi, je voulais seulement l'oublier.

Danridge plaqua ses mains sur le bureau.

— Brad, si ça ne vous ennuie pas, j'aimerais rester seul un moment avec Kelly.

— Bien sûr.

Brad pressa la main de Kelly avant de sortir.

Elle resta seule avec Danridge, les yeux fixés sur le sol. Combien de temps pourrait-elle cacher qu'elle avait été avec Jeremy à la piscine ? Et si quelqu'un les avait vus ensemble ? La vérité pouvait tout détuire, tout ce qu'elle s'était acharnée à construire.

— N'ayez pas l'air si abattue, fit Danridge pour essayer de la réconforter. Vous n'êtes pas accusée, Kelly.

Elle leva les yeux et fronça les sourcils.

— Je ne haïssais pas Jeremy, même après ce qu'il m'avait fait.

— Vous n'avez pas voulu vous venger ?

Elle secoua la tête.

— Non, je suis désolée qu'il soit mort. Vraiment désolée.

— Et Brad ? Il n'avait pas envie de se venger ?

Le visage de Kelly s'allongea.

— Non, il n'est pas comme ça.

Danridge griffonna quelques mots sur un bloc.

— Kelly, vous étiez avec Brad, ce soir ?

— Oui, articula-t-elle d'une voix faible.

— Toute la soirée ?

— Oui, on s'est juste séparés quelques minutes quand il est allé parler à son ami dans les coulisses.
— Et où étiez-vous pendant ce temps ?
Le cœur de Kelly battait à coups redoublés.
— Je... je bavardais avec mon amie Rachel au buffet.
— Son nom de famille ?
— Warren. Rachel Warren.
Danridge nota le renseignement et se renversa sur sa chaise en réfléchissant.
— Combien de temps avez-vous été séparés, Brad et vous ?
— Une quinzaine de minutes.
— Hum... ça pourrait avoir été plus long ?
— Peut-être.
— Trente minutes ? Plus ?
— Non.
— Kelly, avez-vous réellement vu Brad avec son ami de l'orchestre ?
Elle baissa les yeux.
— Eh bien, non, je...
Elle devint écarlate. Elle comprenait enfin où voulait en venir le commissaire. Il soupçonnait Brad d'être l'assassin de Jeremy.
— Ce n'est pas Brad ! s'écria-t-elle d'un ton désespéré. Il serait incapable de faire une chose pareille.
Danridge secoua la tête, plein de sympathie.
— Je n'accuse personne, Kelly. Je cherche seulement à établir les faits.
— Je vous dis que Brad est innocent !
— Bien sûr. Vous pouvez y aller, Kelly. Dites à Brad que je voudrais le voir un instant.
Kelly hésita quelques secondes : devait-elle dire la

vérité ? Elle se leva lentement. Et si Brad avait fait quelque chose ? Non, il était incapable de commettre un meurtre. Et c'était le devoir de Kelly de le protéger.

— Vous aviez autre chose à me dire, Kelly ?

Elle se tourna vers la porte.

— Non.

Elle quitta le bureau et se précipita dans les bras de Brad.

— Il veut te voir, murmura-t-elle. Il pense que c'est toi qui l'as tué.

Brad s'écarta.

— Ce n'est pas possible. J'étais dans les coulisses avec Paul. Et j'en suis sorti pour te retrouver.

Elle le scruta intensément.

— Je t'attends ici.

Brad fit une grimace comme si une flèche lui avait percé le cœur.

— Euh... Kelly, mon père et ma mère...

Il fit un geste vers le couple assis sur un banc dans la salle d'attente, à quelques mètres d'eux.

— Étant donné la situation, ils pensent qu'on devrait éviter de se voir pendant quelque temps.

Kelly recula, et ses yeux flamboyèrent.

— Quoi ?

— Ils ont peut-être raison, dit-il en soupirant.

— Mais...

— Les choses ont mal tourné, Kelly, depuis qu'on se voit. Tu dois admettre que...

— Je n'admets rien du tout !

— Mais Kelly, c'est provisoire, seulement le temps que les choses se tassent.

Elle se sentit soudain épuisée, furieuse, blessée.

Elle ne voulait pas perdre son sang-froid mais ce fut plus fort qu'elle.

— C'est provisoire, répéta Brad.

— Tu t'es servi de moi ! s'écria Kelly. Tu te fiches bien de moi. Tu ne vaux pas mieux que les autres.

Elle vit, dans le regard de Brad, que le coup avait porté.

— Non, Kelly, je t'en prie...

Il tendit le bras vers elle, mais elle le repoussa violemment.

— Ne me touche pas !

— Kelly, je t'aime toujours.

— Eh bien, moi, je te déteste ! cria-t-elle. Je te déteste ! Je regrette que ce ne soit pas toi qui sois mort !

Tout le monde pouvait les entendre. Quelques policiers présents notèrent les paroles hostiles de Kelly. Même le commissaire, depuis son bureau, l'avait entendue. Mais Kelly ne se rendait pas compte de la portée de ce qu'elle venait de dire.

Brad fit une ultime tentative pour se rapprocher d'elle.

— Kelly, je t'en prie...

Elle repoussa brutalement sa main.

— Laisse tomber. Si tu veux rompre, très bien. Je te déteste, Brad. Tu m'entends ? Je te déteste pour toujours.

Tous les regards braqués sur elle, Kelly se précipita vers la porte, fuyant l'horreur pour se réfugier dans la fraîcheur de la nuit. Brad resta un moment abasourdi puis pénétra lentement dans le bureau du commissaire.

Kelly resta allongée sur son lit une bonne partie de la nuit, les yeux au plafond. Elle avait couru jusque chez elle. La maison de MacDonald Avenue était sombre et silencieuse. Tante Doris était sortie pour la soirée ; elle avait laissé un mot sur le réfrigérateur indiquant qu'elle rentrerait probablement tard. Kelly était montée immédiatement dans sa chambre pour réfléchir à ce qui venait de se passer.

Quelqu'un avait tué Jeremy après qu'elle eut quitté la piscine. Mais qui ? Tout le monde était suspect. Y compris Brad. Était-il capable d'assassiner quelqu'un de sang-froid ? Kelly ne le croyait pas.

La pendule d'en bas sonna une heure du matin et Kelly entendit la porte se fermer. Elle se redressa dans son lit. Tante Doris était rentrée et montait l'escalier. Ses pas s'arrêtèrent devant la porte de la chambre.

— Kelly, tu dors ?

Tante Doris était-elle au courant du meurtre ? De toute façon, elle l'apprendrait tôt ou tard. Il valait mieux que ce soit de la bouche de Kelly.

— Je ne dors pas, tante Doris, entre.

Mais, quand sa tante eut pénétré dans la chambre, Kelly fut incapable de prononcer le moindre mot sur le drame qui avait eu lieu à la piscine.

— J'ai vu de la lumière, bredouilla tante Doris, un peu ivre. Alors, cette soirée ?

— Pas mal, fit Kelly en haussant les épaules.

Que savait-elle vraiment ?

Doris Hendricks s'appuya à la porte et regarda Kelly fixement.

— J'ai entendu dire qu'il y avait eu un incident au gymnase. Tu n'es pas mêlée à ça, j'espère ?

— La police m'a interrogée, répondit Kelly. Un garçon a eu un accident dans la piscine. Il est mort.

— Et Brad, ça va ?

Kelly hésita quelques secondes.

— Euh... oui, ça va très bien.

Elle n'avait pas la force de raconter la rupture à sa tante. C'était déjà assez horrible comme ça : elle revivait la scène, encore et encore, comme un cauchemar qui se répète. La vérité se ferait jour mais, pour le moment, Kelly préférait garder le silence. Tante Doris agita la main.

— Dis-moi si tu as besoin de moi.

— Merci.

— Tu es une gentille fille, Kelly. Je sais que tu n'as rien fait de mal. Ne t'inquiète pas, tout ça va s'arranger.

« J'espère », pensa Kelly.

— Bonne nuit, Kelly.

Et elle sortit en titubant pour regagner sa chambre.

Kelly laissa sa tête retomber sur l'oreiller. Elle se tourna et se retourna dans son lit jusqu'à l'aube puis finit par s'endormir aux premiers rayons du soleil. Elle dormit presque toute la journée, en proie à d'affreux cauchemars. Elle se vit en prison, séparée de Brad à jamais.

— Non !

Elle se redressa, inondée de sueur. Elle n'était pas en prison. C'était samedi après-midi. Elle alluma son poste de radio pour écouter les nouvelles sur la mort de Jeremy. Le match de Vandaway avait été annulé. Un grave accident de voiture s'était produit près de la rivière. Puis ce furent les prévisions météo.

— Kelly ?

On frappa un léger coup à sa porte.

— Je vais bien, tante Doris.

La porte s'ouvrit et Rachel pénétra dans la chambre.

— C'est moi. J'ai pensé que tu aurais peut-être envie de parler.

A sa vue, Kelly éclata en sanglots.

— Je peux partir, si tu préfères, proposa Rachel.

Kelly se leva, incapable de dire un mot. Elle étreignit Rachel de toutes ses forces. Elle avait besoin d'une amie, maintenant plus que jamais.

Rachel arborait une expression sinistre. Elle se serait bien passée d'annoncer une mauvaise nouvelle de plus mais elle devait mettre Kelly au courant. Et il valait mieux qu'elle l'apprenne par sa meilleure amie.

— Kelly, écoute-moi...

Kelly s'essuya les yeux.

— Excuse-moi, Rachel. C'était tellement horrible. Vraiment horrible. La police croit que c'est Brad qui a tué Jeremy. Et on a rompu hier soir.

— Kelly, fit Rachel d'une voix mal assurée, je suis venue te parler de Brad...

— Me parler de quoi ?

— Brad a eu un accident ce matin. Il est à l'hôpital.

Kelly recula, blême.

— Non ! Je rêve. Ce n'est pas vrai.

Rachel la prit par les épaules.

— Tu ne rêves pas. Je suis désolée de t'annoncer ça mais la voiture de Brad est tombée dans la rivière ce matin. Il est dans le coma.

— Non ! cria Kelly. Ce n'est pas possible !

— Je n'y ai pas cru, moi non plus. La radio en a parlé mais sans donner le nom de Brad. C'est Marshall qui me l'a dit. Il a un copain qui travaille à l'hôpital.

Kelly attrapa sa veste en jean.

— Je dois le voir. Il faut que j'aille à l'hôpital.

— Je t'emmène, proposa Rachel. Ma mère m'a permis de prendre la voiture.

— Vite ! Avant que ce ne soit trop tard.

Il fallait qu'elle voie Brad. Quelqu'un lui voulait du mal. Elle en était sûre. Il fallait qu'elle soit avec lui. Elle devait le protéger tant qu'il était en vie.

12

A l'hôpital de Port City, il fallut plus d'une demi-heure aux deux amies pour découvrir où était Brad. Et elles ne furent pas autorisées à pénétrer dans l'unité de soins intensifs. Kelly ne put que regarder, désespérée, son ex-petit ami derrière les portes vitrées.

Brad était relié à plusieurs machines, la tête enveloppée de bandages. Il était plongé dans le coma, le sommeil de la mort — Kelly avait appris le sens du mot « coma » en cours de latin. Il pouvait ne jamais se réveiller.

Elle tapota sur la vitre épaisse.

— Brad ? Brad, tu m'entends ?

Rachel lui mit la main sur l'épaule.

— Viens. On ne peut rien faire. Il vaut mieux partir.

Mais Kelly se dégagea.

— Il faut que j'entre. Brad, réveille-toi, c'est moi, Kelly. Je t'aime, Brad.

Une infirmière à l'air sévère apparut derrière elles.

— Je suis désolée, mesdemoiselles, mais je vais être obligée de vous demander de partir si vous ne pouvez rester calmes.

Kelly se tourna vers elle.

— Je vous en prie, supplia-t-elle, laissez-moi entrer. Une minute seulement.

— Seuls ses parents sont autorisés à le voir. Ils vont arriver bientôt, alors je vous conseille de partir.

Kelly n'avait aucune envie de rencontrer les parents de Brad.

— Oui, vous avez raison, il vaut mieux qu'on s'en aille.

Elle s'accrocha au bras de Rachel et elles se dirigèrent vers l'ascenseur. Kelly était morte d'angoisse. Jeremy était mort, Brad gisait là, dans le coma. Comment cela avait-il pu arriver? Tout était sa faute.

La porte de l'ascenseur s'ouvrit et le commissaire Danridge apparut. Comme si cela ne suffisait pas!

— Kelly, commença-t-il en fronçant les sourcils, je pensais bien vous trouver ici. Il faut que je vous parle. Votre amie vous attendra là.

Danridge conduisit Kelly dans une salle d'attente, près des ascenseurs. Kelly s'assit. Elle n'était pas encore prête à dire la vérité à propos de Jeremy. Elle avait peur d'être accusée.

— Kelly, qu'est-ce que vous avez fait après avoir quitté le commissariat, hier soir?

— Je suis rentrée chez moi.

— Vous y êtes restée toute la nuit ?

— Ma tante est rentrée vers une heure. On a bavardé un moment puis elle est allée se coucher. Mais je n'ai pas réussi à m'endormir avant l'aube.

— On vérifiera, dit-il en levant un sourcil.

— Vous pouvez le faire tout de suite. Ma tante travaille en bas, aux cuisines de l'hôpital.

Danridge se pencha en arrière et griffonna quelque chose.

— Vous vous y connaissez en voitures, Kelly ?

— En voitures ? répéta-t-elle, déconcertée par la question. Non, je n'ai pas de voiture. J'ai passé mon permis cet été. Pourquoi ?

— Nous pensons que quelqu'un a trafiqué les freins du véhicule de Brad. Ils ont lâché. C'est la cause de l'accident.

— Vous en êtes sûr ?

Danridge hocha la tête.

— Kelly, tout le monde a été témoin de votre dispute avec Brad, la nuit dernière. Je vous ai même entendue lui dire que vous auriez préféré que ce soit lui qui soit mort...

— Mais je ne le pensais pas, monsieur, se défendit-elle avec véhémence. Je le jure. Je ne voulais pas lui faire de mal. C'était notre première dispute. Je l'aime. Je...

— Alors, ça va. Vous pouvez y aller. A moins que vous n'ayez quelque chose à me dire ?

Kelly secoua la tête et baissa les yeux. Elle n'avait rien à dire à la police. Quand elle serait prête à se décharger de ce fardeau, c'est à Rachel qu'elle se confierait.

Kelly était assise au bord de son lit. C'était le dimanche matin. Rachel avait passé la nuit chez son amie qui ne voulait pas rester seule. Elles étaient en train de parler de Jeremy et de Brad.

— Rachel, c'est moi qui ai poussé Jeremy dans la piscine.

— Quoi ? s'exclama Rachel, abasourdie.

Kelly respira profondément.

— J'ai poussé Jeremy dans la piscine.

Et elle raconta toute l'histoire.

Rachel sifflait et secouait la tête, incrédule.

— Waouh... alors Jeremy était vivant quand tu l'as quitté.

— Oui, il était debout dans le petit bassin. Il était trempé mais bien vivant. Je pensais qu'un bain lui ferait les pieds après tout ce que j'avais enduré à cause de lui.

Rachel fit un pas vers Kelly.

— Kelly, tu dois le dire à la police.

— Je ne peux pas, Rachel. Ils vont croire que c'est moi qui ai tué Jeremy. Mais ce n'est pas moi : quelqu'un est venu après moi et l'a tué.

— A moins que ce ne soit un accident, suggéra Rachel en se frottant le menton.

— J'y ai pensé, moi aussi, répliqua Kelly, mais le commissaire Danridge dit que Jeremy a été tué par un coup donné avec un objet contondant. Et il a dit aussi qu'on avait trafiqué les freins de la voiture de Brad.

Rachel se mit à trembler de tous ses membres.

— *Déjà vu.*

— Quoi ?

— Tes parents, Kelly. Ce n'est pas comme ça qu'ils sont morts ? Les freins ont lâché et ils sont tombés dans un précipice.

Kelly frissonna à l'évocation de la macabre coïncidence. Elle était poursuivie par le mauvais sort. Elle perdait, l'un après l'autre, des gens proches et aimés. Elle pria pour que Brad ne soit pas le prochain.

— Qui pourrait en vouloir à Brad ? demanda Rachel.

— Je ne... Attends un peu ! Liza ! Ça ne peut être qu'elle !

— Tu crois ?

Kelly jaillit de son lit et se mit à faire les cent pas.

— Ça colle tout à fait. Elle croit que c'est Brad qui a tué Jeremy. Ça lui ressemble de vouloir se venger.

— Peut-être...

— J'en suis sûre !

Mais Rachel était loin d'être aussi convaincue que son amie.

— Kelly, tu crois que Liza s'y connaît assez en mécanique pour faire ça ? Elle qui a peur de se salir les doigts en cours de dessin...

— Ça ne peut être qu'elle, Rachel ! Sinon qui ?

— Brrr... Liza, assassin...

— Elle était là quand Brad et Jeremy se sont battus. Et elle me déteste. Je suis sûre qu'elle savait que Jeremy était attiré par moi. Je... je pourrais être sa prochaine victime.

Rachel prit son amie par le bras.

— Tu dois aller voir le commissaire Danridge.

— Je ne peux pas.

— Kelly ! Tu ne comprends pas ? Si Liza est une

psychopathe, elle va s'en prendre à toi. Tu as besoin d'être protégée.

— Pas par la police. Si je leur raconte ce que je sais, ils vont croire que c'est moi. Et Liza sera mise hors de cause pour de bon.

Rachel haussa les épaules.

— Bon, très bien, qu'est-ce qu'on fait, maintenant ?

— On s'occupe de Liza. Il faut qu'on ait une preuve que c'est bien elle, pour l'accident de Brad. Elle a aussi pu tuer Jeremy. Elle était jalouse de moi. Il se pourrait qu'elle s'arrange pour me faire accuser.

— Ouais. Jusqu'ici, elle a fait du bon boulot. Mais comment s'y prendre pour la coincer ?

— Réfléchis. Il doit bien y avoir un moyen.

Elles discutèrent toute la journée sans trouver de solution. Rachel insistait pour que Kelly aille trouver la police mais celle-ci ne voulait pas en entendre parler. Elle savait qu'elle avait des chances de coincer Liza, tant que celle-ci ne se doutait de rien. Il suffisait de mettre au point un plan d'action.

Rachel était d'accord sur le principe mais elle était terrorisée. Elles jouaient un jeu dangereux. Et si Kelly était la prochaine victime ? Si Liza était vraiment cinglée, Kelly figurait sûrement en bonne place sur sa liste de victimes. Rachel jugeait la situation désespérée.

Et cela n'allait pas s'arranger le lundi, au lycée.

Le lendemain matin, Kelly et Rachel marchaient dans Rockbury Lane quand une voiture ralentit derrière elles. Les voix des garçons résonnèrent dans l'air frais de septembre. Mais leurs commentaires étaient loin d'être flatteurs.

— Hé, la tueuse ! Tu m'as assassiné !

— Hé, beauté, j'ai les freins qui lâchent !

— Qu'est-ce que tu dirais d'un petit bain, minette ?

Kelly tressaillit et rougit tandis que la voiture les dépassait en trombe.

— Comment se fait-il qu'ils soient au courant ? s'étonna-t-elle.

— Ils ont entendu qu'on t'appelait vendredi soir, dans le gymnase. Et ils savent pour Jeremy et Brad. Les langues ont dû fonctionner pendant le week-end. Tu crois que tu pourras tenir ?

— J'espère.

Mais au lycée, ce fut bien pire. Tout le monde l'évitait, comme une lépreuse. Dans le hall, elle pouvait les entendre ricaner et chuchoter derrière son dos. Cela lui rappela le temps où elle était grosse. A présent, elle était de nouveau la risée de tous mais c'était pour une tout autre raison. Quelqu'un avait même écrit « Assassin » au marqueur rouge sur son casier.

L'administration s'y mit aussi. Mlle Monica la fit venir dans son bureau mais Kelly ne dit pas un mot, persuadée que la conseillère voulait obtenir une confession. M. Kinsley la convoqua à son tour. Il l'interrogea mais Kelly resta muette. Le proviseur adjoint acheva l'entretien en lui demandant de ne pas assister à la cérémonie d'adieu à Jeremy.

A la fin du dernier cours, Kelly était anéantie. Elle n'avait même pas eu le loisir de surveiller Liza car celle-ci était absente. Le pupitre vide de Brad lui fit venir les larmes aux yeux. La journée avait été un désastre jusqu'à ce qu'elle rejoigne Rachel sur le chemin du retour.

— C'est le pire jour de ma vie, déclara Kelly à son amie. C'était comme avant, quand tout le monde me détestait.

Rachel lui jeta un coup d'œil en biais.

— Tu peux encore aller à la police.

— Non, fit Kelly en secouant vigoureusement la tête.

Elles traversaient le campus en direction de Rockbury Lane. Le cœur de Kelly se serra de nouveau quand une voiture les dépassa et que ses occupants firent des commentaires ignobles. Mais l'important, c'était que Brad soit vivant à l'hôpital. Kelly se fichait d'avoir perdu sa popularité.

— Il me manque, Rachel. Tu ne peux pas savoir à quel point il me manque.

Rachel s'arrêta au beau milieu du trottoir.

— Kelly, tu n'as pas envie d'en finir avec tout ça ?

— De quoi parles-tu ? demanda Kelly en s'arrêtant à son tour.

— Tu veux en finir avec Liza, oui ou non ? Veux-tu être sûre que c'est vraiment elle, la responsable de l'accident de Brad et de la mort de Jeremy ?

— C'est elle, affirma Kelly. J'en suis sûre. D'ailleurs, elle n'a pas mis les pieds à l'école, aujourd'hui.

— Et tu es sérieuse quand tu dis que tu veux la démasquer ?

— Tu sais bien que je ne plaisante pas, Rachel.

Rachel se remit en marche.

— O.K., alors tu vas m'écouter. J'y ai pensé toute la journée et...

Kelly emboîta le pas à son amie.

— Qu'est-ce que tu...
— Écoute-moi, reprit Rachel. Je crois que j'ai un plan.
— Un plan ?
— Oui, Kelly. Et je suis sûre que ça va marcher. Mais j'ai besoin de ton aide. Je ne peux pas y arriver toute seule.
Kelly répondit à Rachel qu'elle était prête à tout.

13

— Rachel, je te répète que c'est idiot, ton idée.
Kelly était assise à l'avant de la vieille Dodge que Rachel avait empruntée à son cousin de Rochester. Elles parcouraient les rues de Port City, en ce samedi soir. Cela faisait partie du plan magistral de Rachel. Elles avaient passé toute la semaine à le mettre sur pied. Mais, après deux jours d'action, Kelly ne croyait plus guère en leur réussite.
— Depuis deux jours, on a écumé la région. Et rien, *rien*.
— Sois patiente, Kelly.
Rachel était au volant. Elles repassèrent encore devant le lycée. Avec son déguisement — pour la réussite du plan, elle s'était habillée en garçon —, Rachel était méconnaissable. Elle portait une chemise d'homme à manches longues, un jean à coupe droite, et des baskets noires. Elle avait dissimulé ses cheveux sous une casquette de base-ball. Dans la

faible lumière du crépuscule, elle pouvait facilement passer pour un homme.

— Tout ça ne me dit rien qui vaille, déclara Kelly. Tu m'écoutes, Rachel ?

— Kelly, on est allées trop loin pour laisser tomber maintenant.

— Je ne crois pas que ça va marcher, s'obstina Kelly.

— Tu as une meilleure idée ?

Kelly se tut et repassa dans sa tête tous les détails du plan. D'abord, il fallait faire croire, à Vandaway, que Kelly sortait avec un type du lycée de Rochester. Un garçon d'une autre école ne pourrait être identifié. La rumeur se répandit rapidement que Kelly s'était choisi un nouveau petit ami alors que l'ancien gisait encore à l'hôpital, dans le coma. Quand l'idée fut bien implantée dans la tête des lycéens, les deux amies passèrent à la seconde partie de leur plan.

Rachel jeta un bref coup d'œil à Kelly.

— Penche-toi vers moi. Ça doit paraître vrai.

— C'est ridicule, fit Kelly avec une grimace.

— Tu veux avoir l'air authentique, oui ou non ?

Kelly céda et se rapprocha, comme une fille amoureuse. Elle doutait de l'efficacité de la stratégie de Rachel. L'idée de départ était d'attirer Liza en lui faisant croire que Kelly avait un autre petit ami. Liza serait tellement jalouse du nouveau bonheur de Kelly qu'elle allait, à n'en pas douter, chercher à se venger, comme elle l'avait fait avec Jeremy et Brad.

Le vendredi soir, elles avaient donc monté le premier « rendez-vous » en allant au cinéma puis dans un fast-food manger des hamburgers. Elles s'étaient assurées que des amis de la bande de Liza les verraient ensemble. Même s'ils avaient paru tomber dans le panneau, Liza ne s'était pas encore manifestée.

— Et si ce n'était pas Liza ? suggéra Kelly tandis qu'elles roulaient dans Middle Road. Si c'était quelqu'un d'autre ?

— Qui alors ?

— Je sais pas. Marshall ? Il est astucieux. Et il était vraiment jaloux de Brad.

— Marshall est trop poule mouillée. Il ne pourrait jamais faire un truc pareil. C'est pas du tout son genre.

Leur sortie du samedi avait duré toute la journée. Tôt le matin, elles étaient allées pique-niquer à Thunder Lake. Mais Liza ne s'était pas montrée et elles étaient rentrées à Port City en ayant soin de se faire voir dans toutes les attractions et sites touristiques de la ville. Tout le monde avait pu constater que la cruelle Kelly avait un nouveau chevalier servant. En pure perte.

En fin de journée, elles retournèrent au cinéma où la bande arrogante de Liza les remarqua, ricana et montra Kelly du doigt. Après la séance, elles sillonnèrent la ville en quête d'une masse de cheveux blonds décolorés.

— Reconnais-le, Rachel : tu vois bien que ça ne marche pas.

— Tu as peut-être raison, admit Rachel. Et puis j'en ai marre d'être habillée comme ça.

— Quelle heure est-il ?

— Presque dix heures.

— Passe près de la maison, je voudrais voir si ma tante est rentrée.

Rachel, de mauvaise grâce, prit la direction de Pitney Docks. Et si elles avaient surestimé la colère de Liza ? Peut-être Liza avait-elle adopté le profil bas et attendait-elle une occasion propice. Quand se déciderait-elle donc ?

La Dodge arrivait dans MacDonald Avenue. Kelly lança un coup d'œil vers la maison. Pas de lumière : tante Doris n'était pas rentrée de sa soirée de beuverie. Elle ne semblait pas du tout concernée par les problèmes de sa nièce.

— Tu veux aller te coucher ? demanda Rachel.

— Non, on continue, répondit Kelly en secouant la tête. On n'a rien d'autre à faire. Je ne peux pas voir Brad avant demain.

Kelly était allée à l'hôpital tous les jours depuis l'accident mais elle ne pouvait que contempler tristement Brad à travers la paroi de verre. Elle était persuadée que sa voix et ses mots tendres auraient le pouvoir de le sortir de son coma.

Au bout de la rue, Rachel fit demi-tour et prit la direction de Taylor Street. Tout à coup, en bordure du parc, des phares les éblouirent et une voiture les rejoignit. Rachel jeta un coup d'œil dans son rétroviseur.

— On est suivies.

— Tu te fais des idées, riposta Kelly en haussant les épaules.

— Il nous colle au train, je t'assure !

Kelly se retourna mais ne put distinguer le visage du conducteur.

— Prends à droite dans Pleasant Street. On va sortir de la ville, on verra bien.

Elles commencèrent à s'inquiéter en constatant

que les phares ne les lâchaient pas : la voiture les suivait bel et bien.

— J'arrive pas à croire que ça ait marché ! dit Rachel. Tu vois quelque chose ?

— Non... mon Dieu, la voiture est rouge !

— Jeremy avait une voiture rouge, rappela Rachel en pâlissant.

— Non ! Impossible ! Personne ne revient de chez les morts ! Prends la prochaine à droite.

Rachel commençait à regretter son plan. Elle avait voulu attirer l'assassin de Jeremy mais, à présent, avec cette voiture à leurs trousses, l'idée lui semblait folle. Le plan avait trop bien marché.

— Il est toujours là, annonça Kelly avec nervosité.

Les mains de Rachel étaient crispées sur le volant.

— Je vais essayer de le semer. Accroche-toi, j'espère que ce tas de boue va supporter le choc !

Rachel appuya sur l'accélérateur, la Dodge fit un bond en avant puis se mit à vibrer et à trembler. Elles distancèrent la voiture rouge et sortirent de la ville en direction de la plage. Les phares de leur poursuivant disparurent un moment.

— J'ai l'impression qu'il a laissé tomber, dit Kelly.

— J'espère, répliqua Rachel en vérifiant d'un bref coup d'œil dans le rétroviseur. On va arriver à la pointe du Phare : ou on fait demi-tour, ou on va à la station des gardes-côtes.

Le moteur commençait à chauffer et l'aiguille indiquant les kilomètres à l'heure, sur le tableau de bord, montait dangereusement. La Dodge était trop vieille pour soutenir une course sur l'autoroute mais Rachel n'avait pas le choix : elle devait semer la voiture rouge.

Kelly se retourna de nouveau.

— Oh, non ! s'exclama-t-elle.

Leur poursuivant n'avait pas abandonné et gagnait même du terrain.

— Kelly, qu'est-ce qu'on fait ?

— Tu peux pas aller plus vite ?

Rachel avait le pied au plancher.

— Tu parles !

Elles n'entendirent pas le sifflement sous le capot quand la Durit se perça.

— Kelly !

— Ça va, ça va. Du calme. On peut longer la plage après la pointe du Phare.

— Mais c'est le chemin vers la station des gardes-côtes.

Les phares de la voiture rouge se reflétèrent dans les yeux de Kelly.

— Ça me va. Plus vite !

La Dodge réussit à distancer l'autre véhicule pendant un peu plus d'un kilomètre. Les deux amies aperçurent enfin l'entrée de la pointe du Phare. Kelly avait vaguement espéré trouver d'autres voitures en ce samedi soir mais le parking était désert. Bah ! elles pourraient toujours demander de l'aide au poste des gardes-côtes. L'assassin ne les poursuivrait pas jusque-là.

— Il est toujours là ? demanda Rachel.

— Je ne le vois plus. Peut-être...

Un bruit sourd se fit entendre et un jet de vapeur s'échappa du capot de la Dodge. Puis la voiture ralentit, tout à coup. Le moteur rendit l'âme à l'entrée du parc de la pointe du Phare.

Le visage fin de Rachel se figea de terreur.

— Qu'est-ce qu'on va faire ?

Kelly ouvrit la portière.

— Sortir.

— Mais...

— Fais ce que je te dis !

Elles bondirent hors du véhicule et s'élancèrent sur la route. Kelly se retourna : les phares brillaient au loin ; la voiture rouge arrivait à toute vitesse, comme un monstre aux yeux flamboyants.

— Ce n'est peut-être pas à nous qu'il en veut...

— On ne peut pas prendre de risques. En avant ! On grimpe sur la plate-forme d'observation.

— Kelly...

— Grouille-toi !

Elles se précipitèrent vers la plate-forme. Le rayon lumineux du phare tournoyait au-dessus des eaux tumultueuses de l'océan et colorait d'une étrange lueur les vagues frangées d'écume. De gros nuages noirs cachaient la lune et les étoiles. Un fort vent d'est soufflait par rafales.

Au pied de l'escalier d'accès à la plate-forme, Rachel dut faire une halte pour reprendre son souffle.

— J'en peux plus. J'ai un point de côté.

Kelly leva les yeux vers le poste d'observation.

— Fais un effort, supplia-t-elle.

— On sera coincées, là-haut, objecta Rachel en levant la tête.

— Non, on peut redescendre sur la plage de l'autre côté.

— Kelly...

— Il ne pourra pas nous trouver si on se cache dans les rochers.

— Il ou elle, corrigea Rachel.

— Je m'en fiche, il faut se cacher.

Rachel saisit son amie par le bras.

— Kelly, et si c'était Liza ? Elle est seule, on est deux. On est les plus fortes.

— Tu as envie de courir le risque ? fit Kelly d'un air sinistre.

Elles se retournèrent vers la Dodge qui fumait. La voiture rouge s'arrêta un moment près du véhicule abandonné. Les phares aveuglèrent Kelly.

— Et s'il voulait simplement nous aider ? risqua Rachel.

— Aucune envie de le savoir, répliqua Kelly. Dépêchons-nous, on doit passer de l'autre côté avant que ce ne soit trop tard.

Rachel n'était pas d'humeur à discuter.

Tandis qu'elles grimpaient les marches, elles pouvaient entendre les vagues se fracasser contre les rochers, juste au-dessous. Le faisceau du phare balaya la plate-forme et illumina l'escalier un bref instant. Le phare les guidait, pensa Kelly lugubrement, les guidait vers la tombe...

Parvenue sur la plate-forme, Kelly jeta un coup d'œil vers la voiture rouge, garée sur le parking, tous feux éteints. La portière s'ouvrit et une silhouette sombre sortit et se dirigea vers l'escalier. Homme ? Femme ? C'était impossible à dire.

Rachel se tenait le côté.

— Kelly...

Celle-ci l'entraîna vers une volée de marches, de l'autre côté de la plate-forme.

— Allez, on a le temps de se cacher.

— Je ne peux plus courir, haleta Rachel.

Au retour du rayon, elle découvrit le petit marteau que Doris Henricks tenait à la main.

Kelly comprit alors que sa tante n'était pas venue pour les aider.

14

Brandissant le marteau comme une hache, Doris Hendricks s'avança lentement vers Kelly qui la regardait, bouche bée. Le rayon du phare continuait à tournoyer au-dessus de leurs têtes, flamboyant comme les feux de l'enfer.

Kelly commença à reculer vers la gauche, loin de Rachel. Elles allaient mourir toutes les deux si Kelly ne trouvait pas immédiatement un moyen de les sortir de là.

— Je t'ai bien eue ! cria sa tante. Je les ai tous eus ! Tu ne te doutais pas que c'était moi !

Kelly n'en croyait pas ses yeux ni ses oreilles.

— Tante Doris, qu'est-ce que...

— C'est fini pour toi, Kelly ! Comme pour ta mère.

— Maman ?

Un ricanement méchant s'échappa des lèvres de Doris Hendricks.

— Tu n'aurais jamais imaginé que c'était moi. Je leur ai réglé leur compte, à tous les deux. J'ai trafiqué les freins et ils sont tombés dans le précipice. Tu étais en camp de vacances, tu ne m'as jamais soupçonnée.

— C'est toi qui as tué papa et maman ?

— Et ton petit copain Jeremy aussi ! Je t'ai suivie, espèce de petite coureuse. J'étais là, à la soirée, quand tu es allée à la piscine avec ce garçon. Je sais ce que vous faisiez là-dedans. Mais j'y ai mis le holà. Je voulais être sûre qu'il ne te toucherait plus jamais.

— Non, tu te trompes. Jeremy n'était pas mon petit ami.

Sa tante parut ne pas avoir compris.

— Ils étaient tous tes petits copains. Mais je les ai eus ! Exactement comme j'ai eu ta coureuse de mère !

Kelly sentit dans son dos la rambarde humide et glacée. Elle se mit à la suivre, en glissant imperceptiblement jusqu'à l'autre extrémité de la plate-forme. Tante Doris continuait à avancer en agitant son arme.

— C'est toi qui as bousillé les freins de Brad ! accusa Kelly.

Sa tante éclata d'un rire dément.

— Eh oui ! Comme pour ta mère !

— Et ces messages, c'est toi qui les as écrits ? Et les coups de téléphone, c'est toi qui...

Soudain, Kelly sentit ses pieds déraper sur le sol mouillé. Elle se rattrapa à la rambarde.

— Imbécile ! hurla Doris avant de se précipiter sur elle.

Kelly évita le coup de justesse en roulant sur le côté. Le marteau s'abattit sur la rampe et Doris s'arrêta un bref instant. Kelly se remit debout.

— Tu es malade, tante Doris. Tu as besoin de te faire soigner.

— Non ! Je ne suis pas folle ! Je suis saine d'esprit et tu ne m'échapperas pas, Kelly. Je vais te tuer. Et je vais tuer ton amie. Et tu sais, ça me fera aussi plaisir que quand j'ai tué ta mère.

Kelly la dévisageait, horrifiée.

— Pourquoi ? Pourquoi as-tu tué mes parents ?

La lumière du phare inonda le visage torturé de Doris.

— Ta mère ! C'était ma sœur, mais c'était une coureuse, comme toi ! Maman la trouvait plus gentille et plus jolie. Et moi, moi je n'étais rien, le vilain petit canard. Elle était infecte avec moi !

— Non, ce n'est pas vrai. Maman était bonne. C'est toi la...

— Elle me volait mes petits amis ! coupa Doris d'une voix hystérique. Elle m'a volé ton père. Il était à moi avant qu'elle arrive.

— C'est impossible ! s'écria Kelly. Maman a rencontré papa à New York, pendant ses vacances. C'est elle qui l'a fait venir à Port City. Il ne te connaissait même pas.

— Menteuse ! Tu es comme elle. Je savais qu'il m'aimait mais elle me l'a pris !

— Tante Doris, je t'en prie...

— J'ai voulu que tu sois grosse et laide, Kelly. Je t'ai fait porter des vêtements moches et ces lunettes ridicules. Tu étais hideuse, exactement ce que je voulais.

Kelly continuait sa progression le long de la rambarde.

— Tu le faisais exprès ?

— Tout était parfait. Et puis il a fallu que tu changes. Je devais t'arrêter. Je ne voulais pas que ça recommence. Je n'allais pas te laisser me voler mes amis comme l'avait fait ma sœur.

— Mais tu n'as pas d'amis ! riposta Kelly, incrédule.

— Ah ! c'est ce que tu crois. J'ai un tas d'amis ! Je les vois tous les jours...

— Dans les bars ?

— Oui ! Je ne les ai jamais amenés à la maison. Je ne voulais pas qu'ils voient la grosse sangsue qui me buvait le sang !

Kelly était parvenue à l'extrémité de la plate-forme. Plus moyen de s'échapper : elle devait essayer d'éviter sa tante ou bien lui foncer dessus. Elle savait qu'on ne pouvait plus atteindre Doris Hendricks par le raisonnement.

— Tu dois mourir, Kelly.

— Arrête !

Sa tante approchait en tenant le marteau devant elle.

— Tu ne peux pas savoir à quel point je te hais, Kelly. Je me serais mariée si je ne t'avais pas eue sur le dos. Pas de chance ! J'ai tué ta mère pour me débarrasser d'elle et le tribunal me récompense en me confiant la garde d'une sale gosse de huit ans ! Et tu lui ressembles. C'est pour ça que je t'ai rendue grosse. Tu ne vas pas me voler mes petits amis.

— Si tu me hais tellement, pourquoi t'es-tu occupée de moi ? Pourquoi ne m'as-tu pas abandonnée ?

— Je voulais te détruire moi-même. Je t'aurais tuée de toute façon mais j'avais besoin que tu vives jusqu'à dix-huit ans pour pouvoir garder l'argent.

— L'argent ?

— Ça n'a plus d'importance maintenant, Kelly. Je m'en fiche, du fric. Je veux simplement que tu disparaisses. Au revoir, chère petite nièce. On se retrouvera en enfer !

Elle leva le marteau étincelant à la lumière du phare et se rua sur sa nièce en hurlant comme une démente. Kelly prit appui sur la rambarde pour s'élancer contre sa tante. Elle l'attrapa par les poignets et arrêta le coup. Elles luttèrent sur le sol glissant jusqu'à ce que Doris parvienne à se dégager.

— Tu es plus forte que je ne le croyais ! cria sa tante. Mais je finis toujours par gagner.

Elle se déplaçait lentement, à présent, en donnant des petits coups secs dans le vide avec son marteau, forçant Kelly à reculer. Le phare tournait inlassablement, balayant la plate-forme de sa lumière fantomatique. Le visage de Doris Hendricks apparaissait puis s'évanouissait dans les ténèbres... le visage ricanant d'un monstre.

Elle brandit le marteau et Kelly tendit le bras pour intercepter le coup. Une douleur aiguë la transperça, lorsque le marteau s'abattit sur sa main. Elle baissa le bras et un second coup l'atteignit à l'épaule.

Avec l'énergie du désespoir, Kelly se précipita sur sa tante et l'envoya rouler à terre. Le corps de Doris devint flasque. Kelly se tenait au-dessus d'elle, le souffle court, la poitrine oppressée. Elle sentait des élancements dans sa main et elle était presque sûre d'avoir l'épaule brisée.

— Kelly !

Le faible appel résonna au milieu du fracas des vagues.

— Rachel !

Elle fit un pas vers son amie.

A cet instant, Doris releva brusquement la tête et se mit à rire. Elle balança le marteau qui atteignit Kelly au tibia. Celle-ci fit un écart et s'effondra au beau milieu de la plate-forme. La jambe engourdie, Kelly, cette fois, ne put se relever.

Doris, elle, bondit sur ses pieds.

— Je t'ai eue ! Je t'ai eue ! psalmodiait-elle d'une voix nasillarde.

Kelly se mit à ramper. Sa tante la suivit, échevelée et grimaçante dans la lumière du phare. Kelly heurta le garde-fou ; elle était coincée, acculée au bord de la plate-forme.

— Maintenant, tu vas mourir !

Le marteau s'éleva et Kelly comprit que sa dernière heure était arrivée. Elle ne pouvait rien faire sinon se protéger de son bras valide. Le marteau s'abattit sur son poignet et Kelly poussa un cri de douleur. Les yeux déments, Doris leva l'arme une nouvelle fois, prête à lui fracasser le crâne. A ce moment précis, le faisceau puissant du phare vint la frapper en plein visage. Elle se mit à hurler et abaissa le marteau.

— Je ne vois plus rien ! Je suis aveugle ! Je suis aveugle !

Et elle commença à tournoyer sur elle-même. Kelly profita de ce répit pour se traîner le long de la plate-forme. Malgré ses blessures, elle glissait facilement sur le sol humide.

— Je vais te tuer ! criait toujours sa tante. Où es-tu ?

— Tu ne peux pas me voir ! criait Kelly de son côté. Tu ne sais pas où je suis.

— Je vais te battre à mort !

— Ici, tante Doris ! Par ici ! Tu ne vois pas ? Je suis juste en face de toi, imbécile !

Doris fit un tour complet avant de repérer d'où provenait la voix. Kelly continuait à ramper vers l'escalier en se demandant si elle aurait le temps de rejoindre Rachel avant que sa tante n'ait recouvré la vue.

— Je suis là ! Viens m'attraper !

Doris chancelait. Elle finit par trouver la rambarde et avança dans la direction de Kelly. Mais celle-ci était presque parvenue aux marches.

— Je me fiche de l'argent ! braillait Doris. Mais la gamine doit mourir. Il faut qu'elle meure !

— Hé, espèce de cinglée, je suis là ! Viens !

La folle continuait d'avancer, agrippée d'une main à la rambarde et tenant le marteau de l'autre.

— Tu y es presque ! Plus près ! Plus près !

— Je t'entends ! Je t'entends !

Kelly sentit la première marche derrière elle : elle se mit à glisser et fut arrêtée par Rachel. Celle-ci ouvrit la bouche mais Kelly la devança.

— Je suis là ! cria-t-elle. Allez, tante Doris, frappe !

Aveuglée comme elle l'était, Doris crut que sa nièce se trouvait juste en dessous. Avec un cri de bête, elle leva le marteau qui s'abattit dans le vide. Elle perdit l'équilibre et bascula en avant. Mais au lieu de dégringoler les marches, elle passa par-dessus la rambarde et alla s'écraser sur les rochers avec un hurlement à glacer le sang.

— Mon Dieu ! murmura Rachel.

Kelly, incrédule, se pencha et scruta les eaux bouillonnantes. D'abord, elle ne distingua rien. Puis le phare revint balayer la plage et elle entrevit le corps de sa tante flottant sur l'eau, comme une grande fleur rapportée par la marée : Doris Hendricks avait rebondi sur les rochers, la tête la première, et plongé dans la mer.

Kelly s'adossa à la marche et ferma les yeux.

Elles attendirent longtemps avant que quelqu'un ne remarque la voiture en panne et ne vienne leur porter secours.

Le commissaire Danridge s'assit au chevet du lit d'hôpital de Kelly, un carnet à la main. Il menait son enquête depuis quatre jours. Après son opération, elle lui avait tout raconté, et Rachel avait confirmé sa déclaration. Kelly n'était pas certaine que le commissaire Danridge l'ait crue.

— Comment vous sentez-vous ? demanda-t-il en souriant.

— Patraque, répondit Kelly.

Elle avait les deux bras et une jambe dans le plâtre. Le plâtre de son bras gauche montait jusqu'à l'épaule, qu'on avait opérée. Les médecins lui avaient assuré qu'elle retrouverait presque complètement l'usage de son épaule. Elle se remettrait rapidement, physiquement, du moins.

— Je vais manquer le lycée, remarqua-t-elle doucement.

— Vous rattraperez en un rien de temps, fit Danridge sur un ton jovial. J'ai parlé à Mlle Monica. Elle est d'accord pour s'occuper de vous en attendant que Mme Sikes vous ait trouvé un tuteur.

— Vraiment ? s'exclama Kelly, un peu réconfortée. Alors vous n'allez pas m'arrêter ?

Il se mit à rire de bon cœur.

— Non, je vous crois, Kelly. On a trouvé du sang de Jeremy Rice sur une blouse, dans la chambre de votre tante.

Kelly poussa un profond soupir.

— Ah !

Sa tante avait anéanti tant de vies.

— Kelly, pourquoi votre tante et vous viviez-vous à Pitney Docks ?

— On est pauvres, répondit-elle en plissant le front.

— Mais pas du tout !

Le commissaire lui expliqua alors qu'il y avait trois comptes à la Caisse d'épargne de Port City au nom de Kelly Ann Langdon, Doris Hendricks étant gérante du capital. La somme se montait à quatre cent mille dollars. Il y avait aussi un compte courant au nom de sa tante crédité de vingt mille quatre cent trente dollars et quatre-vingt-un cents.

— C'est sûrement une erreur, fit Kelly. On n'a jamais eu un sou.

Danridge s'agita nerveusement sur sa chaise.

— Votre père était ingénieur au chantier naval, Kelly. Il avait constitué un portefeuille d'actions qui est aussi à votre crédit. La plus grande partie de l'argent sur les comptes d'épargne provient de son assurance-vie. Dans le testament, il était stipulé que votre tante pouvait disposer des intérêts mais qu'elle n'avait pas le droit d'entamer le capital, sauf à votre profit, exclusivement.

— Mais elle travaillait à l'hôpital.

— Non, elle était bénévole. Elle faisait ça uniquement pour vous faire croire qu'elle travaillait. Et, pendant ce temps, elle dilapidait les intérêts de votre capital dans les bars du coin. Elle profitait de vous, Kelly. Et vous ne le saviez pas.

Kelly hocha lentement la tête. Tout s'éclairait.

— C'est ce qu'elle voulait dire quand elle parlait de

l'argent, murmura Kelly dont le visage s'animait. Sur la plage, elle a dit qu'elle se fichait de l'argent.

— Vous avez une idée de ce qui a pu déclencher tout ça ?

Kelly ferma les yeux pour ne pas pleurer. Elle avait mal dans tout le corps quand elle pleurait.

— Elle détestait ma mère. Elle l'a tuée. Elle a commencé à devenir bizarre quand j'ai maigri. Elle disait que je ressemblais à ma mère. Je crois que je devais lui rappeler ce qu'elle avait fait.

— C'est fini, Kelly. Et vous êtes riche !

Les larmes débordèrent.

— Je ne me sens pas si riche que ça.

Danridge se leva et claqua des doigts.

— Je crois qu'il y a quelqu'un qui aimerait bien vous dire bonjour. Rachel, faites-le entrer.

Rachel franchit le seuil en boitant et en poussant un fauteuil roulant. Kelly ouvrit des yeux grands comme des soucoupes en reconnaissant l'occupant du fauteuil.

C'était Brad.

Il était sorti de son coma et il lui souriait.

Il était vivant et n'avait qu'une envie : parler avec sa petite amie.

ÉPILOGUE

Le jour de la remise des diplômes était aussi celui de l'anniversaire de Kelly : elle avait dix-sept ans. Elle portait la toge rouge et le chapeau au gland rouge et blanc, les couleurs de Vandaway Academy. Malgré une absence de deux mois, Kelly avait réussi brillamment ses examens. Elle terminait troisième et pouvait ainsi entrer directement à Darmouth. Mais elle n'était pas encore sûre de vouloir poursuivre ses études dans une de ces grandes universités de la Nouvelle-Angleterre.

Après la cérémonie, elle rejoignit Rachel et sa mère qui l'attendaient près du gymnase. Kelly vivait maintenant avec elles deux dans une nouvelle maison, à Morningside Groves. Kelly payait le loyer sur les intérêts de son capital. Elle avait encore du mal à croire qu'elle avait de l'argent, qu'elle en avait toujours eu.

— Voilà, on est bachelières ! clama Rachel d'un air faussement fier. Et c'est aussi ton anniversaire. Comment veux-tu qu'on fête ça ?

— Et si je vous retrouvais à la maison ? Il faut que j'en parle avec Brad.

Rachel adressa un clin d'œil à son amie. Elle ne ressentait aucune envie. Elle venait d'obtenir une bourse de l'université de Wheaton. Elles pourraient continuer à se voir pendant les vacances.

— Allez, viens, maman ! ordonna Rachel.

Sa mère lui emboîta le pas, tout en faisant remarquer que ce serait bien qu'elle trouve, elle aussi, un gentil garçon comme Brad.

Kelly rentrerait en voiture. Conseillée par Mlle Monica, elle avait acheté une Mazda. Bien sûr, Kelly la prêtait à Rachel quand celle-ci le désirait.

Mlle Monica avait été formidable. Elle avait doublé les séances de soutien avec Kelly et ça avait été dur.

C'était encore dur.

Kelly se frayait un passage dans la foule à la recherche de Brad. Elle était effrayée. Sa vie avait basculé si vite. Elle était encore sous le choc des tragiques événements de l'automne. Elle rêvait régulièrement de sa tante, menaçante dans la lumière irréelle du phare.

Comment tante Doris avait-elle pu se montrer si cruelle ?

Kelly frissonna. Elle était entourée de gens mais se sentait seule au monde. L'argent n'allégeait pas son chagrin ni ce douloureux besoin d'être aimée.

— Hé, Kelly !

Brad venait à sa rencontre. Il avait déjà retiré sa toge. Il était si beau !

Kelly avait réglé les frais d'hôpital de Brad. Les parents du garçon s'étaient d'abord montrés réticents envers elle mais Brad ne s'était pas laissé influencer. Kelly était à lui. Pour de bon.

En le regardant s'avancer, elle comprit à quel point elle l'aimait. Qu'allait-il arriver maintenant que l'année était finie ? Allaient-ils s'éloigner l'un de l'autre, comme la plupart des couples de lycéens ?

Elle craignait plus que tout de perdre Brad.

— Hé, beauté ! dit Brad en lui effleurant le menton. Bacheliers ! Tu parles ! Je ne me sens pas différent.

— Je n'ai jamais embrassé de bachelier. Pas sur la bouche, en tout cas, fit Kelly en souriant.

Il l'enlaça et l'attira contre lui.

— Oh ! je crois que ça peut s'arranger.

Leurs lèvres se joignirent et Kelly s'agrippa à lui comme si elle n'allait plus jamais le lâcher.

— Oh ! Brad, j'ai si peur...

Il s'écarta et plongea son regard dans les yeux noisette de son amie.

— Qu'est-ce qui ne va pas ?

— Qu'est-ce qu'on fait, maintenant ? demanda-t-elle en soupirant.

— Je vois ce que tu veux dire, répondit-il en fronçant les sourcils.

— Ah oui ?

— Tu vas à Darmouth, mais on a encore tout l'été.

Elle lui caressa la joue.

— On n'est pas obligés de rompre à la fin de l'été, Brad.

— Mes parents ne peuvent pas me payer Darmouth, Kelly. L'éducation privée, ça coûte un max.

— Moi, je peux, répliqua Kelly.

— Quoi ?

— Brad, je peux payer tes études. J'ai l'argent. Pourquoi n'irais-tu pas à Darmouth ? C'est une université réputée.

— Kelly, je ne peux pas accepter.

Elle se pencha et lui murmura à l'oreille :

— Tu accepterais si on était... eh bien, si on était mariés, hein ?

Il en resta bouche bée.

— Mariés ?

— Et pourquoi pas ? fit Kelly en haussant les épaules. Je t'aime, tu m'aimes. Pourquoi on se marierait pas ? Après l'université, bien sûr.

— Kelly !

— Mais, Brad, je t'aime !

Il ouvrait de grands yeux stupéfaits. Puis il eut un sourire malicieux.

— Kelly, tu n'es pas en train de me demander...

— Si, je crois, Brad.

Brad resta sans voix.

Alors c'est Kelly qui répondit à sa place. Avec un baiser.

Déjà parus dans la collection Peur Bleue

CHRISTOPHER PIKE

Un squelette sous la mer - 4520/3
Diaboliquement vôtre - 4521/3
Week-end fatal - 4525/3
Dernier acte - 4620/3
La chaîne de la mort - 1 - 4644/2
La chaîne de la mort - 2 - 4723/2
Scénario macabre - 4532/3

R.L. STINE

Pari mortel - 4518/2
La chambre condamnée - 4519/2
La tombe sauvage - 4530/2
Coupés du monde - 4534/2
Halloween Party - 4623/2
Dans la peau d'une autre - 4671/2
Malédictions - 1 - La trahison - 4768/2
Malédictions - 2 - Le secret - 4833/2
Malédictions - 3 - Le brasier - 4896/2
Le bal de la mort - 4900/2
Lettres anonymes - 4939/2
Dans le silence de la nuit - 1 - 5004/2
Dans le silence de la nuit - 2 - 5046/2

WOLFF RYP

Les secrets de la nuit - 1 - Le spectre - 4801/2
Les secrets de la nuit - 2 - Possédée - 4802/2
Les secrets de la nuit - 3 - La furie - 4970/2

5200

Composition Euronumérique
Achevé d'imprimer en Europe (Allemagne)
par Elsnerdruck à Berlin
le 23 mars 1999
Loi n° 49-956 du 16 juillet 1949
sur les publications destinées à la jeunesse
Dépôt légal mars 1999. ISBN 2-290-05200-0

Éditions J'ai lu
84, rue de Grenelle, 75007 Paris
Diffusion France et étranger : Flammarion